그 마음 하나에 나는,
별것도 아닌 삶이라도 살아 봐야겠다고
마음을 먹었던 것 같다

이름
붙일 수 없는
마음

이름
붙일 수 없는
마음

고매력

지식인하우스

깊고 짙은 우울에 잠긴 어느 날,
내 마음이 멈춰 버렸다.

숨 쉴 수조차 없는 마음,
이름 붙일 수 없는 그 마음을 안고
나는 한없이 아파했다.

그러나 이제는 알고 있다.
기나긴 어둠 끝에도 새벽빛은 밝아 오듯.

나의 멈춰 버린 마음도
언젠가는 다시 박동하며 달릴 것이라는 사실을.

프롤로그

깊고 짙은 우울에 빠져 한참을 허우적댔다. 당시 내 안에서 일어났던 일들은 다른 누구와도 공유할 수 없는 끔찍한 경험이었다. 따뜻하게 다독여 주는 고마운 이들이 많았음에도, 나는 늘 외로움에 침잠했다.

이제는 그 모든 시간들을 지나 왔으나 여전히 아쉬움이 남는 것은 사실이다. 그렇게 막연하고 끔찍했던 어둠 속에서 "나에게도 그런 시간이 있었어."라고 말해 주는 사람이 있었다면, 같은 것을 겪어 보고, 고개를 끄덕여 주고, 이해해 주는 사람이 있었다면 조금은 덜 외롭지 않았을까 하는. 그런 아쉬움을 안고 이 책을 써내려가기 시작했다.

쉽게 떠들 수 없는 마음, 내 것이지만 내 것이 아닌 마음, 뭐라고 이름을 붙여야 좋을지 모를 그 모든 마음들을 혼자서 참아내고 있는 당신에게. 당신의 외로움도, 괴로움도 혼자만의 것이 아니다. 불안과 공포의 순간에도 여전히 희망이 남아 있음을, 이 책을 통해 전할 수 있다면 좋겠다.

CONTENTS

PART. 1 멈추다

참 지독하고
유난스러운 우울함이었다

어른이 된다는 것은 내게 알 수 없는 공포였다. 끊이지 않았던 남자친구들은 항상 엄마 역할을 대신해 줬고, 나도 그런 남자를 찾아 만나려고 했다. 뭐든 엄마가 다 해 주니까, 애인이 다 해 주니까.

그때의 나는 홀로 설 방법을 몰랐고, 사실 홀로 설 의지도 없었다.

하루는 남자친구가 "너 언제까지 그렇게 살 건데? 네가 아기야?"라고 말했는데, 내게는 그 말이 날 위한 조언이 아닌 위협처럼 느껴져 이별을 결심하기도 했다.

그렇게 어느덧 서른의 문턱.
내 안의 아이는 아직 자라나지 못한 채였다.

첫 연애, 첫 이별,
우울의 시작

___

학창 시절 내내 나를 아끼고 예뻐해 주었던 첫 남자친구. 그는 마치 부모님처럼 내게 무조건적인 사랑을 주었다. 지금 생각해 보면 그때의 나는 '그 사람을 좋아하는 마음' 보단 '그가 있던 세상을 좋아하는 마음' 이 더 컸던 것 같다. 늘 내 위주로 돌아가던 편안하고 따뜻한 세상. 그의 사랑은 내게 당연했고, 가끔은 성가셨으며, 때론 지겨워서 멀리 두고 싶었다. 그래서 필요할 때만 그를 찾고, 원치 않을 땐 마음껏 방치했다.

'그럼에도 불구하고 날 떠나지 않을 사람'

그렇게 믿고 있던 그는 만난 지 3년이 된 해의 어느 날, 나를 떠나기로 했다고 말했다. 단 한순간도 예상하지 못했던 이별이었다.

그의 이별 통보 이후 모든 것이 크거나 작게 흔들리며 무너져 내렸고, 어떤 것들은 추하게 일그러져 녹아내렸다. 어제까지만 해도 멀쩡했던 눈과 코와 입이 마음에 들지 않았다.

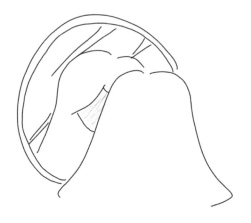

"엄마, 나 얼굴이 이상해…"

친구들이 "있을 때 잘해. 그러다가 헤어지면 너 진짜 후회한다."라고 했던 경고를 듣지 않았던 것이 한이 됐다. 그럴 일은 없을 거라며 뻔뻔한 얼굴로 호언장담을 했었는데, 결국 비참하게 홀로 남겨진 꼬락서니를 보여야 한다는 사실도 끔찍했다.

'그러게 그때 그러지 말걸. 그렇게 차가운 표정 짓지 말고 조금만 더 살갑게 해 줄걸. 하고 싶다는 것들 좀 같이 해 주고, 가고 싶다는 곳 좀 같이 가 줄걸…'

후회가 불꽃처럼 타오를 때면 그가 했던 말들이 머릿속에 울려 퍼지며 화마를 키웠다.

"나 너랑 스키장 가 보는 게 소원이야. 우리 동네 밖으로 나가 본 적 없잖아. 해외여행도 꼭 같이 가자. 내가 돈 모을게."

그게 뭐가 그렇게 어려운 일이라고, 그게 뭐가 그렇게 힘든 일이라고 들은 척도 하지 않았던 건지. 지금이라도 떠나자고, 네가 원하는 거라면 뭐든 다 해 줄 수 있다고 바짓가랑이라도 붙잡고 싶었다.

일생에 단 한 번 하늘이 보내 주는 완벽한 인연을 나의 멍청한 실수로 놓쳐 버렸다는 자괴감, 다시는 그런 따듯함과 안정감을 느낄 수 없으리라는 비애, 내 아름다웠던 지난날들에 대한 그리움. 그 찢어질 듯한 고통이

날카로운 손톱처럼 내 안을 휘갈길 때면 검고 뜨거운
무언가가 용암처럼 흘러내리며 가슴을 녹이는 듯했다.
'모든 걸 되돌리고 싶어…'

이럴 땐 누구를 원망해야 하나
나를 반으로 가르고 싶다

친구들의 얼굴을 볼 자신이 없었다. 자존심이 상했다.
부끄러웠다. 어쩌면 나는 남자친구에게 지극정성으로
예쁨 받았던 시간 동안 거만함에 잔뜩 취해 있었는지
도 모르겠다. 친구들은 갖지 못한 특별한 무언가를 누
리고 있다는 우월감에서 비롯된 거만함. 그렇게 콧대
가 높았다가 결국은 버려져 혼자가 되었으니, 이제는
더 이상 쥔 게 없다는 생각 때문에 친구들 앞에서 작아
지는 기분을 느꼈다.
6개월 동안을 방 안에 처박혀 나가지 않았다. 친구들
이 걱정하고 있다는 이야기를 전해 들었으나 가능한
모든 만남을 피하고 싶었다. 그런 나를 보다 못해 어느
날 예고도 없이 집으로 찾아왔던 한 친구는 그날의 나
를 이렇게 표현하곤 했다.
'발톱을 깎지 않아 비정상적으로 길어 있던 미친년'

견딜 수 없었던 것,
더 이상 사랑받는 사람이 아니라는 것

헤어진 남자친구에게 새 애인이 생겼다. 그의 미니 홈
피에 업로드되는 사진을 하루에 몇십 번이나 들여다
봤는지 모른다.

'말도 안 돼. 진짜 좋아하는 건 아니겠지? 그럴 수가
있나? 나랑 헤어진 지 얼마나 됐다고. 날 그렇게 사랑
했으면서, 나 없으면 안 된다고 했으면서 벌써 나를 다
잊은 거야? 어떻게 사랑이 이렇게 빨리 변해!'

도무지 인정할 수가 없었다. 그가 내게만 보여 줬던 다
정함과 매너를, 이제는 내가 아닌 다른 여자에게 베풀
리라 생각하면 참을 수 없이 속이 들끓어 올랐다. 그럴
때마다 내가 그에게 더 이상 어떤 영향도 줄 수 없는
존재가 되었다는 사실을 직시해야 했다. 온몸이 뒤틀
리는 것 같은 고통이었다. 할 수만 있다면 현실을 깨부
수고 기어서라도 과거로 가고 싶었다.

그와 함께 찍은 사진에서 그 여자의 모습을 확대해 보
기도 했다. 나보다 그녀가 별로라는 증거를 찾아야만

023

했다. 하지만 환하게 웃고 있는 그 얼굴에서 딱히 결점을 찾을 수 없을 때면 내가 더 할 수 있는 것이 없다는 무력감에 분노를 느꼈다. 내 것을 앗아 간 그녀가 미웠고, 날 버리고 새로운 사랑을 택한 그가 원망스러웠으며, 무엇보다도 멍청하게 그를 놓쳐 버린 나 자신이 죽이고 싶을 만큼 싫었다.

불안의 근간은 그 사람이 더 이상 나를 사랑하지 않기 때문이 아니라, 내가 더 이상 사랑받는 사람이 아니라는 데에 있다.

나를
망가뜨리기로 했다

———

모든 게 귀찮았다. 매일같이 방 안에서 먹고 누워 있었
더니 살도 많이 붙었다. 원래 입었던 옷이 맞지 않을
정도로 살이 찌는 바람에 새로 구입한 옷들을 입어야
했는데, 주로 펑퍼짐한 티셔츠와 통이 넓은 바지를 선
택했다. 게다가 얼굴에 화장품을 바르는 일도 번거롭
고 불편하게 느껴져 민낯으로 외출을 할 때가 많았다.
"너 왜 이러고 다녀? 남자 같아."
오랜만에 만난 친구가 나를 위아래로 훑으며 도저히
이해가 안 된다는 투로 물었을 때, 나는 그냥 "귀찮아
서"라고 답했다.
'꾸미면 뭐 해. 어차피 잘 보일 사람도 없는데.'
왜 이렇게 세상만사가 다 귀찮은지 알 수 없었다. 점점
몸이 무겁게 느껴져서 최대한 움직이고 싶지 않았다.
집에 돌아오면 방문을 닫고 헤어진 남자친구와 찍었
던 사진들을 들여다보거나 그의 미니 홈피를 둘러보
면서 근황을 확인하는 데에 온종일 시간을 쏟았다. 나

는 이렇게 망가져 가는데 혼자서 웃고 있는 그를 볼 때면 피가 거꾸로 솟았다. 어떻게든 그를 괴롭힐 방법을 찾고 싶어졌다.

'내가 이렇게 엉망진창이 되어 가고 있다는 걸 알기는 할까? 내가 이렇게 힘들고 괴롭다는 걸 알면 속상하지 않을까? 날 그렇게 사랑하고 아꼈었는데. 당연히 신경 쓰이고 죄책감도 느끼겠지. 그러면 지금처럼 마냥 행복하기만 할 수는 없을 거야. 좋아, 너 때문에 내가 얼마나 망가지는지 지켜봐. 너도 한 번 힘들어 봐. 네가 사랑했던 여자에게 무슨 짓을 한 건지, 똑똑히 봐.'

나를 더 처참하게 망가뜨려야 했다. 그래야 그의 가슴에 죄책감으로나마 존재할 수 있을 테니까. 그렇게 더 깊고 어두운 곳으로 계속해서 나를 몰아넣고 싶었다.

나태함이 병처럼 들러붙어
떨쳐지지가 않는 날

아무것도 할 수가 없다
아무것도 하고 싶지가 않다
TV 리모컨을 집어 들고
채널을 돌리려 하지도 않는다

엑스트라,
밀려난 그 자리

친구가 새로 생긴 남자친구 이야기를 할 때마다 이상하게 속이 울렁거리고 가슴이 욱신거렸다. 친구가 싫은 건 아니었지만, 그 애의 연애 이야기를 들을 때면 내가 잃어버린 것에 대한 상실감이 걷잡을 수 없이 휘몰아쳤다. 내가 서 있는 흑백의 세상과는 반대로 그 애가 사는 세상에는 다채로운 빛이 넘쳐흐르는 듯 보였다.

'나는 이렇게 비참한데 너는 왜 그렇게 즐거운 거야? 너는 왜 내가 갖지 못한 것들을 다 가진 채로 웃고 있는 거야? 나는 그렇게 간절해도 얻을 수 없는 걸, 너는 왜 그렇게 쉽게 쥐고 있는 거지?'

친구가 나보다 인기가 많은 것도 신경이 쓰였다. 함께 다니는데 왠지 항상 친구만 더 주목을 받는 것 같았다. 어딜 가나 관심의 대상이 되는 친구 옆에서 한낱 들러리, 혹은 엑스트라를 맡은 것 같은 기분. 나는 주인공이 될 수 없다는 사실을 자각할 때마다 서글픈 마음에 친구가 얄밉게 느껴졌다. 그러면서도 한편으로는 친구를 위해 온전히 기뻐하지 못하는 스스로가 싫어서 죄책감이 들기도 했다.

사실 내가 알던 나는 스스로를 타인과 비교하지 않는 사람이었다. 친구와 나를 비교하며 열등감을 느끼는 건 그만큼 내게 생소한 일이었다. 고등학교 때 같은 반이었던 친구들 중에는 얼굴이 예뻐서 옆 학교에 소문이 난 경우도 있었는데, 하루는 교문 앞에서 기다리고 있던 타 학교 남학생이 나에게 친구 번호를 물어서 다리를 놔 준 적도 있었다. '얼굴이 예쁘면 이런 일도 생기는구나.' 신기하긴 했지만 딱히 그 애가 부럽다거나 내가 못났다는 생각을 하지는 않았다. 그도 그럴 것이, 그날 있었던 일을 남자친구에게 이야기하면 그는 늘 이런 반응을 보이곤 했기 때문이다.

"걔가 뭐가 예뻐? 난 하나도 모르겠는데. 네가 훨씬 더 예뻐."

나는 그의 말에 "에이~ 그건 진짜 오버다!" 하고 손사래를 치면서도 기분이 썩 나쁘지 않아 씩 웃곤 했다.

혼자를
견딜 수 없게 됐다

대학교 1학년 시절에는 출석 체크만 하고 수업을 빠지는 일이 다반사였고, 과 사람들과는 매일같이 술 파티를 벌였다. 먹고 노는 것 말고는 재미있는 게 없었으니까. 그러던 어느 날부터는 친구들과 클럽에 드나들기 시작했다. 예쁘게 꾸미고 클럽 안으로 걸어 들어가면 많은 사람의 시선을 받았는데, 그럴 때마다 꼭 모두가 나만 쳐다보는 것 같아 으쓱한 기분이 들었다. 남자들의 대시를 거절할 때는 묘한 쾌감을 느끼기도 했다. 잘, 그리고 자주 놀다 보니 클럽 관계자들과 친해져서 나중에는 줄을 서지 않고 입장한다거나 술을 공짜로 마신다든가 하는 특혜를 받기도 했다. 그래서인지 그곳에서만큼은 내가 특별하고, 매력 있고, 중요하고, 힘 있는 사람이 된 기분이 들었다. 그 느낌에 점점 빠져든 거다.

하지만 땀에 젖은 옷과 담배 냄새가 밴 머리카락, 퉁퉁 부은 다리로 새벽 지하철에 올라탈 때면 말로 표현할 수 없는 공허함과 허탈함이 몰려들었다. 정갈하게 출근 준비를 마친 사람들 사이에서 나 혼자만 땀과 기름으로 까맣게 번져 버린 눈두덩이를 비비적거리고 있는 것 같았다.

'아, 맞다. 지금 출근 시간이지. 저 사람들은 하루를 시작하는데 나는 이제 들어가서 자네.'

그런 생각이 들 때도 있었지만, 생각을 오래 할 겨를도 없이 쏟아지는 잠에 취했다. 혼이 반쯤 나간 상태로 지하철에서 졸다가 집에 도착하면 간단히 씻은 후 곧장 잠을 잤는데, 오후 늦게까지 한숨 푹 자고 나서 일상으로 돌아오면 항상 이상한 기분이 들었다.

더 이상 아무도 나를 주목하지 않는 곳에 홀로 존재해야 한다는 사실. 갑갑하고 불안했고, 적막함은 숨이 막혔으며 외로움은 지나치게 자주 찾아왔다. 화려하고 소란스러운 그곳으로 자꾸만 돌아가고 싶었다.

나를 찾을 수 있을까

내가 찾는 나는 어디에 있는 걸까

있기는 한 걸까

벌써 사라져 버린 건 아닐까

새로 만들어야 하나

의미가 있는 걸까

나는 뭔가

왜 이곳에 왔나

어디로 가야 하나

이대로 가면 되는 걸까

잊은 채 살아 볼까

살아지는 만큼 살면 되는 걸까

상처받은 내가
상처를 주기까지

대학교 1학년 때부터 클럽이나 주점, 길거리 헌팅을 통해 쉬지 않고 연애를 하기 시작했다. 나 좋다는 사람이 나타나면 다른 조건을 크게 안 따지더라도 쉽게 마음이 갔다. 나를 아껴 주고 보살펴 줄 누군가가 있다는 것 자체에서 안정감을 느꼈기 때문이다. 그리하여 남자친구가 바뀔 때마다 그가 내 마음의 기둥이 되었다.

홀로 온전한 사람에게는 외로운 순간들이 있고,
그렇지 못한 사람에게는 모든 순간이 외롭다

밥은 먹었어? 잠은 잘 잤어? 오늘 컨디션은 어때?
이 모든 것을 챙겨 줄 사람이 없다는 것은 상상도 할 수 없었다. 공백은 불안했다. 아이처럼 무조건적인 관심과 사랑을 받고 싶었다. 그래서 "걱정하지 마. 내가 다 해 줄게."라고 말하는 남자들을 주로 만났다. 그런 말을 들으면 일단 안심이 되었으니까.

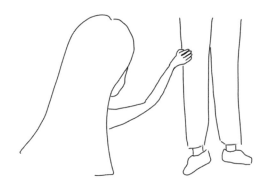

사랑이면, 곁에 있어 줘

그게 아니더라도, 일단은 있어 줘

그래도 첫 연애에서 배운 게 있었기 때문에, 그 누구를 만나더라도 '날 떠나지 않을 거야.'라는 오만한 생각을 하지는 않았다. 오히려 '이 사람도 언젠가는 내게 지쳐서 떠나겠지. 원래 사랑은 다 끝나는 거고, 남자는 떠나는 거니까.'라는 생각이 강했다. 그 탓에 관계에 대한 기대나 미련이 자연스레 줄어들었고, 딱히 관계를 유지하려고 노력하지도 않았다. 상대가 나를 조금만 서운하게 해도 용납이 되지 않았으며, 사소한 것이라도 마음에 들지 않는 행동을 하면 화가 들끓어 참을수가 없었다.

나를 지치게 만드는 것은 무엇인가
너를 밀어내게 만드는 것은 무엇인가
우리를 의심하게 되는 것은 무엇 때문인가
무엇이 나를, 너를, 우리를
불확실함 속으로 몰아가는가

'뭐지? 나한테 왜 이렇게 대해? 내가 편해졌나? 이러다가 이 사람도 시간이 지나면 점점 나한테 지치고 질려서 다른 여자한테 눈 돌리고 떠나가겠지. 남자가 다 그렇잖아.'

원망과 분노였다. 기본적으로 남자에게 화가 난 상태에서 연애를 했던 거다. 사랑받고 싶어 하면서도 동시에 불신했으며, 후에 배신당하거나 버려질 것을 생각하면 너무 끔찍해서 차라리 내가 먼저 버리는 게 낫겠다는 생각을 하기도 했다. 내가 먼저 버리면, 그래도 덜 비참할 테니까.

그렇게 대부분의 만남을 가볍게 시작해서 우습게 끝내곤 했다. 남자를 버릴 때 그들이 상처받는 것에 대해서는 크게 고려하지 않았다. 오히려 한때는 상처 주는 일에 재미를 붙이기도 했다. '나도 남자를 상처 줄 수 있는 힘을 가지고 있다.' 그런 생각이 나를 짜릿하게 만들었던 것 같다.

꼭 버림받고 싶어 안달 난 사람처럼 행동하는 주제에 날 버릴까 전전긍긍하는, 엄마도 인정한 미친년이다 내가. 그럼에도 불구하고 날 떠나지 않을 사람인지 확인을 해 보고 싶은 것 같기도 하다.

자격지심과 완벽주의,
"이 정도로는 안 돼!"

대학교 때에는 영어 회화 시간마다 진땀을 뺐다. 외국인 교수님이 행여 내게 말이라도 걸까 봐 시선을 피하고 딴짓을 하기 일쑤였다. 물론 그렇게 한다고 해서 언제까지고 심판을 피해 갈 수는 없는 노릇이었다.

그런 식으로 항상 피해 왔던 수업이었지만, 결국 교수님이 나를 지목하며 간단한 질문을 하나 던지는 순간이 찾아왔다. 순간 머릿속이 새하얘지면서 사고 회로가 정지했다. 질문을 알아들었더라도 뭐라고 대답해야 할지 몰랐을 테지만, 일단은 질문 자체를 이해할 수가 없었다. 옆에 앉은 동기들 중 누구라도 좀 도와줬으면 하는 마음이 들었으나 강의실 안은 싸늘하고 적막했다.

겨우 1분 남짓한 그 시간이 영원처럼 느껴졌다. 너무 창피해서 얼굴이 달아올라 화끈거렸다. 내가 답하지 못한 질문은 곧 다른 학생에게 넘어갔는데, 그는 나와 달리 유창한 영어로 대답을 했다. 아마 유학을 다녀온

복학생인 것 같았다.

'뭐야, 저 사람은… 왜 저렇게 영어를 잘해? 유학 다녀왔나 보지? 이래서 무조건 유학을 가야 하는 거야.'

괜히 그 학생이 밉고 질투가 나 자격지심으로 속이 끓었다. 그날부터는 엄마에게 영어권 국가로 유학을 가야겠다며 조르기 시작했다. 우리 집 형편에 유학은 말도 안 되는 일이라는 걸 알면서도 막무가내로 떼를 쓰고 싶었다.

왜? 억울하고 분했으니까. 나도 넉넉한 집안에서 태어나 유학이라도 다녀왔으면 영어 같은 건 자연스럽게 배웠을 텐데, 남들에 비해 뒤처지는 건 결국 집 때문이라는 생각이 들면서 울분이 치민 거다. 하지만 엄마는 나의 고집이 터무니없다고 생각했는지 내 말을 들은 척도 하지 않았다.

방법을 찾아야 했다. 어떻게 해서든 영어만은 해야 한다는 생각이 들었기 때문이다. 유학까지는 못 가더라도 한국에서 최선의 여건을 만들어 보자고 결심하곤 미국 드라마를 보기 시작했다. 어차피 유학을 가도 처음에는 거의 듣기만 해야 할 텐데, 만약 한국에서도 하루 종일 영어에 노출될 수만 있다면 실제 유학과 별반 차이가 없지 않을까 하는 패기였다.

처음엔 당연히 안 들리겠지만, 포기하지 말고 일단 무조건 듣자고 다짐했다. 자막 없이 한 편의 드라마를 본 후 자막을 넣고 다시 한 번 보면서 내용을 파악했다. 그러고 나서는 다시 자막을 빼고 혹시라도 처음보다 더 들리는 것이 있는지 확인하는 과정을 반복했다.

물론 처음에는 하나도 들리지 않았다. 며칠을 들어 봐도 도무지 귀가 열릴 생각을 하지 않았다. 무리수를 둔 것은 아닌지 막막해질 때도 있었지만, 처음 결심했던 것처럼 포기하지 않고 들었다. 하루에 3~4시간 보던 것을 방학이 되면 10시간씩 붙잡고 있었다. 친구도 만나지 않았고, 더 이상 술자리에도 나가지 않았다. 그럴 시간이 없다고 느껴졌다.

가족과의 대화 몇 마디를 제외하고는 온종일 영어만 듣고 있었더니 슬슬 귀가 뜨이기 시작했다. 처음에는 드문드문 몇 가지 단어만 들렸었는데, 어느 순간 문장으로 들리는 것이 생기기 시작했다. 비록 짤막한 것들이었지만 신기했다. 듣는 귀가 어느 정도 생긴 후에는 영어를 직접 뱉어 보기로 했다. 하루에 1시간씩 현지인과 웹상으로 직접 대화할 수 있는 인터넷 화상 영어 시스템을 바로 결제했다.

이것 역시 처음엔 내뱉을 수 있는 단어가 너무나도 한정적이었다. 내 의사가 제대로 표현되지 않으니 가슴을 치고 머리를 쥐어뜯으면서 답답해하기도 했다. 외국인 선생님은 내가 자괴감에 빠져 울상을 지을 때마다 마치 어린아이를 달래듯 다정한 투로 "ARA, it's okay. Take your time.(아라, 괜찮아, 천천히 하면 돼)"라고 말해 주었다.

그의 다독임 덕분에 나는 금방이라도 폭발할 것 같은 답답함을 조금씩 달래 가면서 한 마디 한 마디를 뱉어 나갈 수 있었다. '괜찮아. 시간이 좀 걸리더라도, 괜찮아.' 포기하고 싶은 마음이 들 때면 수십 번 수백 번, 마음속으로 그 문장을 되새겼다.

처음엔 단어밖에 나열할 수 없었던 내 마음을 어느 순간부터는 어설프게나마 문장으로 내뱉게 되었다. 그렇게 열 달 정도가 지나니 제법 자연스럽게 일상 회화도 가능해졌다. 이제는 실전으로 나가야 한다는 생각이 들었다. 기계를 통해서는 아무래도 발음과 전달력에 한계가 느껴졌기 때문이다.

그때부터 교내에 있는 영어 카페에 수시로 드나들기 시작했다. 외국인 교수들이나 나처럼 영어 공부를 목적으로 카페를 찾은 학생들과 친분을 쌓았다. 수업 시간을 제외하고는 그곳에서 살다시피 하면서 영어를 직접 귀로 듣고 입으로 뱉을 수 있는 환경에 나를 노출시켰다. 통학 시간에는 전자기기에 미드를 넣어 반복해서 듣는 등 자투리 시간까지도 최대한 이용했다.

그렇게 하다 보니 문법 공부를 따로 하지 않아도 토익 시험에서 꽤 높은 점수를 받을 수가 있었다. 토익이 입사 지원을 위한 가장 기본적인 스펙인 만큼, 영어 때문에 고생하고 있던 동기들과 선후배들에게서 꽤 부러움을 샀다. 2년 정도 공부한 후에는 교내 영어 경시 대회에서 입상하여 전액 지원금을 받고 캐나다에 다녀올 기회가 주어지기도 했다.

나의 영어 실력이 일취월장하는 것을 보면서 주변 사람들의 기대가 커져갔다. 당시 '대단하다' 혹은 '너는 뭐가 되도 될 거야' 등의 이야기를 많이 들었는데, 사실 나는 그런 칭찬이 조금 의아했다. 사람들이 나를 과대평가하고 있다는 느낌이 들었기 때문이다.

'나는 딱히 대단한 걸 해낸 게 아닌데. 영어야 나보다 잘하는 사람 널렸잖아. 아예 외국에서 살다 온 사람들도 있고. 그에 비하면 나는 회화를 완벽하게 하는 것도 아니고, 어설프게 흉내만 좀 낼 뿐이지. 제대로 하려면 아직 멀었어. 그리고 요즘이 어떤 세상인데, 토익 점수 하나만 가지고 취업이 되나? 겨우 이 정도로는 어림도 없지. 나는 그냥 기본만 해 놓은 건데.'

이렇듯 속으로는 내가 많이 부족하다는 느낌을 떨쳐 버릴 수가 없었으나, 사람들에게 굳이 티를 내지는 않았다.

그냥,
자신이 없어요

대학교 4학년이 되었을 때 졸업을 미루고 휴학을 했다. 딴에는 천천히 시간을 가지고 이런저런 공부를 하며 앞으로의 방향을 찾아가겠다는 허울 좋은 명분이 있었으나 솔직히, 더 놀고 싶었다. 앞으로 평생을 일해야 할 텐데 지금 이 정도는 놀아도 상관없지 않겠냐며 스스로를 달래기도 했다. 하지만, 사실은 학교로 돌아가는 것이 막막하고 두려웠다. 졸업 후에 펼쳐질 삶이 도무지 그려지지 않았기 때문이다.

그러다 용돈 벌이나 좀 해 보려고 시작한 영어 학원 아르바이트는 생각했던 것보다 적성에 맞는 듯했다. 이쪽에서 계속 일을 해 볼까 하는 생각에 지인들에게 조언을 구한 적도 있었지만, "네 스펙에 왜 그런 일을 해? 더 좋은 데 가야지."라는 소리를 들었다.

좋은 마음으로 나를 높게 평가해 주는 이야기였음에도, 그런 말을 들을 때면 심장이 조여 오는 기분이었다. 그들이 말하는 '이름만 대면 알아주는 기업'에 입사 지원을 하기에는 내 스펙이 터무니없는 수준이었다. 아예 불가능한 정도는 아니었으나 쟁쟁한 경쟁자들 사이에서 어떻게든 나만의 가능성을 증명하지 못한다면 취업은 어려울 터였다. 반면, 동네 작은 영어 학원에 들이밀기에는 내가 가진 조건이 꽤 우수했다. 어쩌면 나는 마음 편하게 하향 지원을 하고 싶었는지도 모른다.

내 마음을 알 턱이 없는 주변인들은 하나같이 대기업에 서류를 넣어 보라는 권유를 했다.

나는 그런 곳에 가고 싶지 않았고, 애초에 해내지도 못할 것 같았으며 이력서에 쓸 거라고는 겨우 토익 점수가 다였다. 또 시사 경제 분야에도 너무 약하고 상식도 부족했다. 아직 모르는 게 너무 많고 경쟁자도 많을 텐데, 나보다 스펙 좋은 사람들 사이에서 뭘 할 수 있겠느냐는 생각만 꼬리에 꼬리를 물었다.

경쟁. 경쟁이라는 단어를 떠올리기만 해도 가슴팍 전체에 새카맣게 먼지가 들어찬 것처럼 속이 답답해졌다. 가능한 한 피하고 싶었다. 나에게는 싸움을 이겨낼 힘도 무기도 없었으니.

내가 아는 나는 부족한 게 너무 많은데, 무조건 "너는 잘 될 거야."라고 하는 지인들의 말에는 종종 반감이 들기도 했다. 마치 벼랑 끝에 서 있는 나에게 "걱정하지 말고 뛰어 봐, 넌 반드시 살아남을 수 있을 거야."라며 박수를 치는 것 같았다. 나는 지금 불안한데, 소름 끼치도록 두렵고 위태로운데, 지금 여기서 조금도 더 치열할 수 없는데…

하지만 자신이 없다는 말을 할 수는 없었다. 사람들은 나를 누구보다도 당찬, 패기와 모험심 넘치는 인재로 보고 있다는 사실을 알고 있기 때문이었다. "네가 왜 자신이 없어? 네가 뭐가 모자라서?" 그런 말에 뭐라고 대답을 해야 할지도 몰랐다.

"그냥, 그냥 자신이 없어요."

그런 멍청한 대답을 할 수는 없었으니까.

난 매일 불안해

내가 뭘 할 수 있나

하나뿐인 몸뚱이로는

뭘 살 수 있나

평범한 삶과 미래

가질 수 있나

고민만 때리다가

침대에서 일어나

언제까지 환자로
살아야 하는 걸까

———

"왜 이렇게 감기 기운이 안 떨어질까요?"

허구한 날 이비인후과를 찾았다. 학원 일을 하면서 목도 아팠고 피로감을 크게 느끼기 시작했기 때문이었다. 아무래도 기관지에 문제가 있거나 면역력이 떨어져 자꾸 몸살에 걸리는 것 같았다. 하지만 의사 선생님의 지시대로 입을 크게 벌리고 목 상태를 보이고 나면, 선생님께서는 매번 의아하다는 듯 고개를 한 번 갸우뚱하며 이렇게 말하곤 했다. "글쎄요, 목 상태는 딱히 나쁘지 않은데."

약을 꾸준히 받아서 복용했고 주사도 자주 맞았다. 컨디션 조절을 위해 따뜻한 물도 많이 마시고 잠도 많이 잤으며, 아로마 테라피를 받아 보기도 했다. 학원에서는 청소도 깨끗이 하고 환기도 자주 시켰지만 그 어떤 것도 소용이 없었다. 목은 점점 더 아프고, 잠은 미친 듯이 쏟아졌다. 내가 맡았던 중등부는 오후 다섯 시 수업이었기 때문에 출근 전 오후 두세 시까지 잠을 잤는데도 몸이 일으켜지지 않아서 고생을 했다. 열두 시간 넘게 잠을 자고 겨우 다섯 시간 일했을 뿐인데 퇴근해서 집에 돌아오면 바로 뻗어서 또 잠들기를 반복했다. 나도 이런 내 몸을 도무지 이해할 수가 없었다.

아무리 일을 열심히 하려고 해도 따라 주지 않는 체력 때문에 점점 지쳐갔다. 이것저것 시도하고 컨디션 조절을 위해 노력했지만 상태가 호전되지 않는다는 사실에 좌절감도 들었다.

'도대체 왜 나아지지 않는 거지? 그렇게 많이 자고도 왜 계속 졸린 거야. 일상생활을 할 수가 없잖아. 약을 먹어도 왜 소용이 없는 거야, 도대체 왜? 하루에 겨우 다섯 시간 일하는 것도 이렇게 힘들어하면 제대로 된 직장 생활을 어떻게 해? 체력이 이 모양인데 어디 가서 무슨 일을 하냐고. 누가 시켜 줘도 못 하겠다. 이러다 학원 일마저 버거워지면… 이것마저 힘들어서 할 수 없으면 돈은 어떻게 벌지? 나는 어떻게 살지?

어느 순간부터는 뭘 먹어도 소화가 되지 않고 가슴팍에 얹혀서 매일 꺽꺽거리며 명치를 손바닥으로 내려치곤 했다. 음식을 제대로 먹지 못하니 몸뚱이도 부쩍 말라갔다. 위장 기능이 약한 엄마가 평생을 고생하는 것을 보고 자랐기 때문에 혹시 이것도 집안 내력인가 싶었다. 그래서 나도 위장약을 먹기 시작했지만, 매일 챙겨 먹어야 하는 약의 종류가 늘면서 약 복용 자체에도 스트레스를 받았다.

'이놈의 몸뚱이는 어디 성한 데가 없네.' 잔뜩 쌓인 약봉투를 보고 있노라면, 평생을 지긋지긋하게 환자로 늙어 갈 나의 모습이 머릿속에 그려져서 다시 피로가 몰려들었다.

나의 우울을, 깊은 무력감을

어찌 다루어야 할지를 몰라 그저 가만히 두었다.

이제 좀 나아졌나 싶으면

또다시 넘실거리며 찾아오는 삶의 파도는

나를 깎는다.

'나는 나아질 수 없는가…'

몸이 시리고 생각이 욱신거린다.

잠 속에 나를 욱여넣기 위해

틈이 날 때마다 눈을 감아야 한다.

내가 이렇게 아픈 사람인 걸 누가 알까.

너무 많아, 너무 복잡해, 너무 막막해!

하루는 학원에 출근을 해서 시간표를 확인하는데, 전날보다 학생 수가 급격히 늘어나 있어서 패닉에 빠졌다. "갑자기 원생이 늘어서 정신없겠지만 수고 좀 해주세요. 학생 수가 늘어난 만큼 월급은 인상해 드릴게요." 정중히 부탁하는 원장님께는 웃으면서 그러겠다고 대답했지만 정신이 까마득했다. 하루아침에 배로 늘어난 학생들을 통제할 자신이 없었다.

'이걸 어떡해, 이 많은 아이들을 어떻게 한번에 통제하라는 거야. 한두 명만 딴짓을 해도 잡아 놓기가 어려운데 갑자기 이렇게 많이? 아이들마다 교재도 진도도 다 다른데 그걸 일일이 체크하면서, 동시에 다른 아이들이 수업에 집중하도록 유도하라고? 말도 안 돼. 대체 경력도 없는 나보고 뭘 어떻게 하라고. 아, 뭐가 너무 많아. 정신도 없고 너무 복잡해. 머리가 터질 것 같아.'

그런 막막함을 느낄 때면 곧바로 강한 피로감이 뒤따랐다. 당장이라도 침대 위에 눕고 싶은 욕구를 조절하기가 힘들었다.

"죄송한데 저 일 그만해야 할 것 같아요."

원장님 부부께 '저는 학생 통제에 어려움을 느끼며, 가르치는 일도 잘할 자신이 없다'고 말씀드리자 처음엔 누구나 다 그렇다고 하셨다. 하지만 아라 선생님은 이미 충분히 잘 배우고 있으니 경험이 쌓이다 보면 분명 좋은 선생님이 될 거라는 격려의 말도 이어졌다. 그 말에 나는 일단 조금 더 버텨 보기로 결정했다. 이렇게 좋은 분들을 상사로 모시며 일하는 것도 엄청난 특혜라는 생각이 들었기 때문이다.

내가 더 자라려나 보다

이렇게 아픈 걸 보면

영혼의 성장통

이 고통은 허물을 벗어내는 과정일 뿐이라고,

딱 그만큼 더 어른이 된다고

미래의 내가 나에게 말해 주었으면

"아무런
이상도 없습니다."

———

정신을 못 차리고 잠만 자는 내가 아무래도 이상했다.
몸에 뭔가 이상이 있는 건 아닐까 하는 걱정도 들었지
만, 사실 그것보다는 답답함이 컸다. 일상이 불편할 정
도로 잠이 쏟아지다 보니 도대체 내 몸이 왜 이러는지
이유라도 알고 싶었다. 구체적인 병명이라도 알게 되
면 속이 좀 후련할 것 같았다. 그러나 병원에 가서 검
사를 받아 봐도 몸에는 아무런 이상이 없다는 결과만
나올 뿐이었다. 허탈했다.

나는 죽겠는데, 내 몸이 내 몸 같지 않은데, 제대로 움
직일 수도 없어 답답해 죽겠는데 너무 쉽게 '이상 없
다'는 진단을 내리고 휙 돌아서는 의료진들이 무책임
하게까지 느껴졌다. 이유도 모른 채로 계속 이렇게 살
아야 한다는 건가. 그 사실에 절망이 찾아올 때면 차라
리 암이라는 선고라도 받고 싶은 마음이 들기도 했다.
모든 것이 막막했다.

결국 더 이상은 출근을 할 수가 없을 지경에 이르렀다.

마음씨 좋은 원장님 부부를 위해서라도 최대한 오래
일을 하고 싶었지만, 몸이 따라 주지 않으니 아쉬워도
어쩔 수가 없었다. 처음 들어갔던 학원은 그렇게 1년
남짓을 일하고 정리해야 했다.

아프지 말든가,
돈이나 많든가

"아라야, 너는 몸이 아픈 게 아니라 마음이 아픈 걸 수도 있어."

처음 내게 정신과 통원과 약물 치료를 권했던 사람은 엄마였다. 하지만 당시 나는 엄마의 말을 믿지 않았다. '정신은 정신이고 몸은 몸이지. 엄마가 의사도 아니고 뭘 제대로 알겠어.'

처음에는 고집으로 버텼으나 위태로운 딸을 불안해하느라 마음 편할 날 없는 엄마가 안쓰러워서 결국 생각을 바꿨다. 약물 치료를 한다고 해서 나아질 거라는 기대 따위는 없었지만, 내가 정말 어떻게 될 것 같아 불안하다고 말하는 엄마에게는 조금의 위안이 되겠지 싶었다. 썩은 동아줄이라도 붙잡고 싶은 당신의 마음을 위해 선심 쓰듯, 여전히 불신이 가득한 채로 정신과 내원을 결심했다.

이름을 적고 대기실에 앉아 있으면 먼저 진료를 마친 사람들이 문을 열고 나왔다. '저 사람은 뭐가 힘들어서 왔을까? 의사 선생님은 어떤 처방을 내려 줬을까? 치료가 정말 효과가 있을까? 조금은 나아지고 있기 때문에 계속 약을 복용하는 걸까? 처음엔 여러 가지로 궁금한 것들이 많았다. 진료실에서 나온 사람들은 다시 대기실에 앉아서 약 조제가 끝날 때까지 기다렸다가, 이름이 불리면 결제를 마치고 병원을 나섰다.

나는 특정 의사 선생님을 정해 두지 않고 그날그날 가장 빨리 진료가 가능한 쪽을 선택했기 때문에 한 병원에서 총 서너 명 정도의 의사 선생님께 진료를 받았다. 어차피 같은 차트로 진료 내역을 확인하니까, 선생님이 바뀌더라도 약 처방을 받는 데에는 크게 상관이 없을 것 같았다. 그도 그렇고, 사실 정신과 약물 치료에 딱히 기대하는 바가 없었기 때문에 대충 빠르게 진료를 끝내고 약이나 타자는 생각이 컸다. 진료실 문을 닫고 들어가 의자에 앉으면 선생님들은 최근 2~3주간의 컨디션이 어땠는지를 물으셨다. 나는 그에 대한 대답을 보통 1~2분가량으로 짤막하게 요약했다.

"남자친구와도 잘 지내고 있고 딱히 큰 문제는 없어요. 그런데 직장을 구할 생각을 하면 가슴이 답답해지고 숨 막히는 기분이 들어요."

이런 이야기를 했을 때 대부분의 선생님들이 "그렇군요."라며 안타까운 표정과 함께 차트에 무언가를 적어 내려갔다. 하지만 그런 생각의 근원이 무엇인지를 알려 준다거나 생각을 어떤 식으로 바꿔 보라는 해결책을 제시해 주지는 않았다. 대신 최근 복용한 약에 딱히 불편함이 없었다면 그대로 처방해 줄 테니 3주 뒤에 다시 내원하라는 말로 대부분의 진료가 마무리됐다. 나는 차트에 약 처방을 지시하는 선생님의 손놀림을 물끄러미 보다가 자리에서 일어나 인사를 하고 진료실을 나왔다.

사실 3~5분가량의 짧은 진료 시간 안에는 많은 이야기를 털어놓을 수가 없었다. 심리 상담도 생각을 안 해본 것은 아니었으나, 어디선가 비싸다는 얘기를 들어서 엄두가 나질 않았다. 그래도 미련이 남아서 하루는 원장님과의 진료 시간에 "심리 상담은 어떤 식으로 진행이 되나요?"라고 질문한 적이 있다. 겉으로는 전반적인 과정에 대해서 묻는 척했지만, 사실 궁금한 것은 가격이었다. 시간당 최소 6~7만 원에서 10만 원까지도 한다는 것 같았는데 그건 내가 도저히 감당할 수 있는 가격이 아니어서 바로 포기했다.

'오늘도 2만 원 좀 넘게 나오겠지?'

조제를 기다리는 동안은 대기실 소파에 앉아서 지갑이나 카드를 미리 꺼내어 만지작거리곤 했다. 10분이 채 안 되는 그 시간 동안 머릿속에 스쳐 가는 것이라고는 전부 약값, 병원비, 치료비, 돈, 돈, 돈이었다.

'한 번 올 때마다 2~3만 원이라니, 약값이 너무 비싸다. 매달 병원에 쓰는 돈만 해도 도대체 얼마야? 아픈 것도 서러운데 돈까지 이렇게 많이 나가다니… 심리 상담 같은 건 시간당 거의 10만 원씩 한다던데, 돈 많은 사람들이나 몇 시간씩 상담받겠네. 돈 없는 사람들은 아프지도, 우울하지도 말라는 건가? 이건 사회제도에 문제가 있는 거 아니야? 정부 차원에서 관심을 가져야 하는 게 아니냐고!'

난 이렇게 아프고 괴로운데 나처럼 힘든 사람들이 제도적으로 딱히 도움을 받을 구석이 없다는 사실도 불만스러웠고, 세상에서 소외당한다는 느낌마저 들면서 참을 수 없이 서러워졌다.

'그러게 왜 돈도 못 버는 게 아프긴 아파 가지고! 돈이라도 벌든가, 아프지를 말든가. 이래서 도대체 어떻게 살겠다는 거야? 앞으로도 돈은 계속 나갈 텐데, 이놈의 몸뚱이는 아파서 제대로 일도 못하고. 그나마 있던

돈도 병원비에 약값으로 다 쓰면서 평생 지지리 궁상
으로 살겠지. 그러게 왜 나는 이런 몸으로 태어나 가지
고. 왜 이렇게 태어나서. 왜 나는 아파서…'

돈으로 시작된 모든 생각은 늘 이렇게 자책으로 끝이
나곤 했다. 나는 나를 견딜 수 없었다. 지질해서, 궁상
맞아서, 더럽게 처량하고 안쓰러워서. 그렇게 내 생각
을 아무에게도 들키지 않은 채 멍하니 앉아 있다 보면
조제가 끝난 접수처에서는 내 이름을 불렀다.

"고아라 씨, 2만7천 원입니다."

친구,
잃지 않게 노력하자

친구들과의 단체 카톡방에서 웃고 떠들며 하루를 보내곤 했는데, 재밌고 유쾌한 친구들이 좋으면서도 한편으로는 무서웠다. 원래는 열댓 명이 넘었던 무리에서 하나둘씩 이탈자가 생기며 점점 남아 있는 사람의 수가 줄어드는 것을 지켜봤기 때문이었을까. 무리 안에서 살아남지 못하고 떨어져 나간 친구들을 보고 있으면 쓸쓸해 보이기도 하면서, 나만은 버림받고 싶지 않다는 생각이 강하게 자라났다. 그러다 보니 친구들에 관한 것이라면 사소한 것 하나에도 극도로 예민한 반응을 보이기 시작했다.

'내가 실수하면 나를 미워하지 않을까, 내가 너무 잘난 척하는 것처럼 느껴지거나 재수 없다고 생각하면 어쩌지, 그때 그 말은 그런 의도가 아니었다고 해명을 해야 할까.'

심지어는 왜 내가 말한 뒤로 아무도 대답이 없는지, 내가 더 이상 좋은 친구라고 느껴지지 않아서 나를 무시

하는 건지 지나친 걱정을 이어갔다.

모든 순간이 불안했다. 낙오되고 싶지 않았다. 재미있는 이야기를 계속 던져서 대화의 흐름이 끊기지 않게 해야 할 것 같았고, 친구들을 칭찬할 거리를 찾아서 일부러 치켜세워 주기도 했다. 밉보이지 않기 위해, 예쁨 받기 위해 점점 더 많은 말을 하다 보면 의도치 않게 실수도 잦아져서 끊임없이 눈치를 봐야 했다. 우정이라는 게 나에게는 꼭, 매일 살아남아야 하는 전쟁터처럼 느껴졌다. 정말이지 너무 피곤했다.

그중에는 습관적으로 나를 깎아내리듯이 말하는 친구도 있었다. 속으로는 도대체 내게 왜 이런 식으로 말을 하는지 불만이었지만, 막상 그 애 앞에서 대놓고 기분 나쁜 티를 낸 적은 없었다. 당시에는 웃으면서 농담으로 받아치고는 상처받은 마음을 질질 끌며 집으로 돌아오곤 했다.

하루는 그 친구에게서 들은 말을 엄마에게 전하기도 했다. "걔는 좋은 친구 아니야. 거리를 둬. 언제 네 뒤통수칠지 몰라." 얘기를 들은 엄마는 내게 충고했지만, 나는 그 말을 한 귀로 듣고 흘려버렸다. 나는 그냥 좀 투덜대고 싶었던 것뿐이지 친구를 버릴 생각은 아니었기 때문이다.

'그래도 나한테 잘해 줄 땐 정말 잘해 주는데. 몸은 괜찮은지, 약은 잘 챙겨 먹는지 꼬박꼬박 묻고 신경 써 주잖아. 저번엔 내 생각이 나서 샀다면서 내가 좋아하는 것도 선물해 줬으니까…'

친구에게 느꼈던 온정을 상기할 때면 상처받은 마음을 꾹꾹 눌러 봉인할 수 있었다.

'에이, 내가 좀 참지 뭐.'

평소에는 화가 날 일이 아닌데, 예민해질 일이 아닌데, 눈물이 날 일이 아닌, 마음이 아픈 날은 '겨우 그깟 거'에 눈물이 철철 나고 마음이 무너지기 일쑤다. '겨우 그깟 걸로' 화를 내거나 속상해하는 나를 들키기가 싫어서 나는 혼자서 우는 날이 많아졌다. 카톡 대화방에서 신나게 낄낄거리고 잔뜩 수다를 늘어놓다가 눈물이 차오르면 나는, 혼자서 운다.

너에게 내가 제일
소중한 사람인 거 맞지?

무리 안의 여러 친구 중에서도 유독 친한 한두 명과는 서로의 모든 일상을 공유하는 편이었다. 눈 뜨자마자 들었던 생각부터 그날의 가십거리, 학교에서 있었던 일이나 남자친구와의 이슈까지 뭐 하나 빠트리지 않고 의견을 나누며 울고 웃기를 함께했다. 그런 친구들이 있어서 외롭지 않고 든든했다.

'남자야 갈아타면 그만이지만 이런 친구는 또 못 만나지.'

친구들에게 너무 큰 가치를 두다 보니 점점 집착이 생겼다. 대화를 이어 가다가 어느 순간 연락이 끊기면 그 시간 동안 도대체 어디서 누구와 무엇을 했는지, 괜히 화가 나고 뾰로통해지기도 했다. '왜 나한테 뭐 한다고 말 안 했지? 그 시간 동안 내 생각은 안 했나? 나 없어도 그렇게 재밌나? 난 이렇게 지루하고 심심한데.'

그러다가 또 연락이 오면 아무렇지 않다는 듯 다시 이야기를 주고받았다. 그러면서도 연락을 안 하는 동안 친구에게는 내가 우선순위가 아니었다는 사실이 계속 마음에 걸렸다.

그 어떤 일이 있어도 친구에게는 내가 가장 특별하고 소중한 사람이어야 했다. 누구에게도 내 자리를 빼앗기고 싶지 않았다. 또한, 소중한 사람과는 모든 것을 나눠야 한다고 생각했던 나였기에 때때로 찾아오는 친구들의 침묵을 이해하기가 어려웠다. 힘든 일이 생기거나 우울한 기분이 들 때면 나는 항상 거르는 것 없이 친구들에게 털어놓으며 힘을 얻곤 했으니까. 나 또한 그들에게 위로가 되어 줄 기회를 놓치고 싶지 않기도 했다.

"요즘 왜 이렇게 말이 없어? 너 무슨 일 있어? 만나서 얘기할까? 어디 바람이라도 좀 쐬러 갈래?"

그냥 좀 혼자 있고 싶다는 친구의 대답에는 상처를 받기도 했다. 힘들고 아픈 날에도 곁에 있겠다는 나를 왜 찾지 않는 건지, 납득이 되지 않았으니까.

그런 말을 듣고도
왜 웃고 있었는지

"아라 씨는 면접에서 스펙이 좋아서 뽑힌 게 아니야. 애들을 잘 다룰 것 같아서 뽑은 거지. 스펙은 다른 지원자들이 훨씬 더 쟁쟁했어. 지금 옆에서 같이 일하는 선생님 있지? 그 선생님은 유학파라 실력이 좋아. 아라 씨는 그에 비하면 발톱의 때 정도랄까? 많이 부족해. 따라잡으려면 많이 노력해야 해. 평소에 학원 청소 많이 하던데, 그럴 시간에 교재 연구 같은 걸 해 봐."

조금 쉬면서 컨디션을 회복한 후 새로 들어간 학원 회식 자리에서 원장님께 들었던 소리였다. 그 순간은 왜 화도 나지 않았는지, 왜 손도 떨리지 않았는지, 왜 그 자리에서 아무 말도 하지 못한 채로 등신처럼 웃고 있었는지 모르겠다. 그날 집으로 돌아와 혼자서 마음을 추스르다가 잠에 들었고 아무 일 없었다는 듯 며칠을 더 출근했다. 여전히 학원에만 나가면 목이 아팠기 때문에 계속해서 창문을 열어 환기를 하고 책상 위의 먼지를 닦아야만 했는데, 청소를 하면서 울컥 눈물이 쏟아졌다. 회식 자리에서 들었던 말이 자꾸만 머릿속에 맴돌았기 때문이다.

아라 씨는 스펙이 좋아서 뽑힌 게 아니야, 발톱의 때
옆에 있는 선생님 봤지, 유학파라 실력이, 발톱의 때
청소할 시간에 연구를, 많이 부족해, 발톱의 때

정신이 나갈 것 같았다. 그날 일을 마치고 집으로 돌아
가 엄마에게 회식 날 있었던 일을 털어놓자 그제야 온
몸이 부들부들 떨리면서 치욕스러움과 서러움이 발끝
부터 고통스럽게 차올랐다. 그깟 돈 몇 푼 벌자고 이
수치심을 참으며 일해야 하는 건지, 혼란스러우면서
눈물이 주룩주룩 흘렀다.
"아니, 뭐 그런 미친놈이 다 있어? 너 거기 당장 때려
치워. 붙잡아도 절대 더 일해 주지 마."
나보다 더 분노하는 엄마의 모습에 그제야 이건 참고
넘길 일이 아니라는 확신이 들었다. 다음 날, 학원에
나가서 당장 그만두겠다고 이야기했다.

나이, 나이, 나이,
돈, 돈, 돈

———

"남자친구 또 바뀌었어? 그만 정착 좀 해. 시집은 어떻게 갈래? 이제 금방 나이 찰 텐데. 너 지금이야 남자들이 좋다고 그러지? 여자 나이 서른 넘으면 값 훅 떨어진다. 지금부터 한 사람이랑 꾸준히 만나면서 결혼 준비도 하고 돈도 모으고 해야지. 혼수 장만하려면 최소 3천만 원 정도는 모아야 해."

가끔 친척들에게서 쏟아지는 훈수를 듣고 있자면 가슴팍이 답답해지면서 심장이 불편할 정도로 빠르게 뛰었다.

'아니, 남자친구 좀 바뀔 수도 있지. 요즘이 어느 시대인데 그게 뭐 대수라고. 그리고 꼭 벌써부터 결혼 준비를 해야 하는 거야? 고리타분해. 나이 서른 넘으면 뭐가 어때서? 관리 잘 하고 예쁘게 살 수 있는데. 나 좋다는 남자도 또 있겠지! 왜 꼭 저런 식으로 일반화 시켜서 얘기하는 거지? 결혼 자금이니 혼수니, 왜 이런 소리를 벌써부터 듣고 있어야 하는 거냐고.'

반감과 반항심이 크게 들었으나 굳이 말꼬리를 잡아 싸우고 싶은 생각도, 애써 설득할 자신도 없어서 크게 신경 쓰지 않는 듯 넘어갔다. 하지만 그러고 나면 머리부터 몸통까지 꽉 들어찬 생각들이 나를 꼼짝할 수 없도록 만들었다. 마냥 무시할 수 있으면 좋겠는데, 그들의 말도 어느 정도 납득이 된다는 사실이 나를 더 괴롭게 했다.

'그래, 아무래도 어린 여자를 좋아하겠지. 정말 나도 서른 넘으면 받는 대접이 달라지려나? 그럴 수도 있을 거야, 지금이야 나이라도 어리니까 예쁨 받는다지만… 나이, 나이, 나이, 결혼 자금, 언제 3천만 원을 모으지? 3천만 원, 3천, 통장에 잔고가 얼마였더라. 역시 돈을 벌어야 해. 하지만 뭘 해서? 이런 체력으로, 이런 몸으로 어떻게? 학원 일마저도 자꾸 그만두는데…'

심장이 요동치며 울렁거렸고, 명치가 딱딱하게 굳는 느낌이 들면서 속이 아파 왔다.

힘든 환경 속에서도 잘 키워 주신 것에 대해 엄마에게 정말 감사하고 존경해 마지않지만, 태어난 것 자체에 감사하느냐고 묻는다면 글쎄.

사실 할 수만 있다면 나를 축소시켜 엄마의 자궁 안으로 들어가서 영영 자라나지 않거나, 그보다 전 단계인 아빠 몸속으로 들어가 나 대신 다른 녀석에게 헤엄치라고 등이라도 떠밀고 싶다.

그렇게 누군가에게 삶을 전가할 수 있는 거라면…

살아지지 않으니
사라지자

———

복학해서 졸업을 앞둔 4학년 마지막 학기의 어느 날이었다. 스물여섯 살이었던 나는 같은 수업을 듣는 후배들보다 나이가 많은 편이었다. 그날의 수업은 그룹 토론 형태였는데, 나보다 어린데도 불구하고 사회, 경제, 문화 등 거의 모든 면에서 지식이 깊어 보이는 후배들의 토론을 지켜보다가 그대로 굳어 버렸다.

'나 지금까지 무슨 생각으로 그 시간을 다 흘려보낸 거지? 남들은 저렇게 치열하게 미래를 향해 달려가는데 나는 아무것도 준비된 게 없잖아. 해 놓은 거라고는 고작 토익 점수가 다인데, 요즘 시대에 영어는 그냥 기본 자격이고. 이래서는 저들과 경쟁할 수가 없어. 같은 조건으로 붙어도 더 어린 사람이 유리하겠지. 누구도 나 같은 사람을 채용하려 하지 않을 거야. 망했어, 난 아무것도 할 수 없어.'

수업이 끝난 후 지하철역까지 약 15분. 발걸음을 어떻게 옮겼는지도 생각이 나지 않는다. 정신을 차려 보니 지하철 노란 선 앞에 서 있었다. 분명히 눈을 뜨고 있었는데, 마치 모든 것이 흰색으로 칠해져 있는 세상에 들어온 듯이 눈앞이 온통 하얗게 번득였다. 전동차가 진입하고 있으니 노란 선 밖으로 물러나라는 안내 멘트가 끝나 갈 즈음이었던 것 같다. 머릿속 하얀 세상에서 서늘하게 힘 빠진 목소리 하나가 들려왔다.

'여기서 뛰어내리면 편해지겠지…'

순간 소스라치며 발걸음을 뒤로 물렀다. 빠른 속도로 들어오고 있는 전동차와, 주섬주섬 지하철에 올라탈 준비를 하는 사람들이 그제야 다양한 색채로 시야에 들어왔다. 다시 정상으로 돌아왔다는 사실에 안도하면서도 그런 내가 무서웠다. 주룩주룩 눈물이 나는 것을 소매로 계속 훔쳐 닦으며 집으로 돌아갔지만, 엄마에게는 내가 미쳤다는 사실을 알리지 않았다.

내 꿈은 작가가 되는 것이었다.

디자이너가 되고 싶기도 했다.

그 뒤로는 외국어를 잔뜩 배워

외국어 속에 파묻혀서 사는 게 꿈이었으나,

지금 내 꿈은

'죽기보다 살기를 희망하는 사람이 되는 것'이다.

엄마는 나를
부끄러워하지 않는다

졸업 후 스물 후반이 넘어서도 변변한 직장을 잡지 못하고 아르바이트를 전전했다. "취업이요? 곧 하겠죠." 누가 물으면 대답했지만 사실은 자신이 없었다. 직업을 가진다는 것, 사회생활을 한다는 것이 나에게는 너무나도 '어른들의 일'처럼 느껴졌다. 아니, 사실은 그전 단계부터도 자신이 없었다. 이력서를 쓰려고 컴퓨터 앞에 앉는 일이 나에게는 공포였다. 뭐라도 써야 하는데, 한 번이라도 더 들여다봐야 하는데 컴퓨터 앞에 앉을 생각만 해도 숨이 턱 막히고 머리가 무거워졌다.
'왜 이렇게 몸이 안 움직여지지? 일어나야 하는데, 이러고 있으면 안 되는데.'
겨우 책상 앞에 앉아 구직 사이트를 들여다보다가 채 한 시간을 버티지 못하고 다시 침대에 몸을 눕혔다. 그럴 때면 엄마는 방 안으로 고개를 들이밀고 나를 물끄러미 보다가 "또 자?"라고 묻곤 했다. 잠이 너무 쏟아진다는 나의 말에 엄마는 조용히 불을 끄고 문을 닫아

주곤 했는데, 비정상적으로 잠을 자는 나를 채근하지
않는 엄마가 늘 고마웠다.

닻을 내린 우울은
방 안에 나를 가둔다.

침대 위에 엎어져
천근 같은 중력을
온몸으로 받아낸다.

성실하고 책임감 강한 성격의 오빠는 침대에 누워 지
내는 나를 이해하지 못했다. 늘 우울해하고 무기력한
나의 모습을 지켜보던 오빠는 막무가내로 투정을 부
리거나 엄살을 피우고 싶어 하는 어린아이를 마주한
사람처럼 답답함에 어쩔 줄을 몰라 했다.
"아니, 근데 솔직히 나는 아라가 왜 그러고 있는지 이
해가 안 돼. 엄마가 애를 너무 약하게 키워서 그런 거
아니야? 이것저것 좀 시켜. 일단 하라고 해. 그래야 애
가 강해지지."
하루는 오빠가 엄마에게 하는 이야기를 듣게 되었다.
나는 그 말이 단어마다 문장마다 내 몸통을 저격해 온

곳에 쓰라린 구멍을 뚫고 지나가는 듯한 기분을 느껴
야 했다.

두려워서 방구석에 벌벌 떨며 움츠려 있던 나에게는
오빠의 말이 '살아남는 법이야 직접 몸으로 부딪쳐 가
면서 배우게 될 테니, 일단 총 들려서 전쟁터로 쫓아내
라'는 말과 비슷하게 들려와 모골이 송연해졌다.

'엄마가 오빠 말을 듣고 이제 정말 뭐라도 하라고 날
부추기면, 더 이상 이렇게 누워 지내는 걸 봐주지 않으
면 어쩌지? 하긴, 어쩌긴 어쩔 거야. 오빠 말이 완전히
틀린 것도 아니고. 지금 내가 이상할 정도로 아무것도
안 하고 있는 게 사실인데 할 말이 뭐가 있겠어.'

그런 생각을 하고 있을 때 엄마의 담담한 목소리가 귓
가에 들려오기 시작했다.

"아라는 그냥 아픈 거야. 그러니까 그런 소리 하지 마.
아마 너는 이해 못 할 거야. 평범한 사람은 이해할 수
없는 병이니까. 어떤 사람들이 암에 걸리듯이, 어떤 사
람들은 우울증에 걸리기도 하는 거야. 우울증은 그냥
병이야. 마음으로 오는 병."

엄마의 단호함에 오빠는 더 이상 반박하거나 따지고
들지 않았다.

나는 엄마가 신기했다. 아니, 특이하다고 생각했다. 아무도 나를 이해하지 못하고 심지어는 나조차도 나를 이해할 수 없는데, 엄마는 마치 너무나도 자연스러운 일이 벌어지고 있다는 듯이 나의 병을 대했기 때문이다. 또한 엄마는 당신의 친구나 지인들에게도 좀처럼 나의 병을 감추는 법이 없어서, 나의 우울증에 대해 그들과 일상적으로 대화를 나누곤 했다.

"우리 딸? 아직도 맨날 아파서 아무것도 못 하고 침대 신세야. 대학은 나오면 뭐 해, 취직도 못 하고 돈도 못 버는데. 다 소용없지. 집에 누워 있으면서도 혼자서는 밥도 절대 안 차려 먹어요. 공주님이야, 공주님. 내가 속이 터져 아주. 가만, 시간이 이렇게 됐네. 우리 딸 밥 차려 줘야겠다. 내가 나중에 다시 전화할게. 호호~"

엄마는 내가 대학까지 나와 번듯한 직장도 구하지 못하고 하루 종일 침대에 누워 시간을 보내는 것보다, 끼니 거르는 걸 더 싫어하는 것 같았다. 또한 엄마가 어떻게든 나의 상태를 감추고 덮으려 하는 것이 아니라, 있는 그대로 이야기하고 털어 내는 모습을 보면서 무의식중에 그런 믿음이 자라나기 시작했던 것 같다.

엄마는 나를, 나의 병을, 부끄러워하지 않는다.

그렇구나,
많이 힘들겠다

―――――

"엄마, 나는 무서워. 어른이 되는 게 싫어, 너무너무
무서워…"
사실은 있는 대로 몸을 웅크리고 울고 싶었다.
반 오십이 넘어서도 남들 다 하는 평범한 직장 생활
하나 하지 못하고, 툭하면 몸이 아파 쓰러져 하루의
절반 이상을 침대 위에서 보내던 나. 그런 나를 향해
늘 아프지 않는 것에만 신경 쓰라며 다독이던 기적 같
은 엄마에게도 아무런 말을 할 수 없었다. 정말이지
나만 빼고 남들은 다 하고 있는, 그 '별것도 아닌 일
들'을 해낼 수 없다는 것이 나를 끝도 없는 절망에 치
닫게 했다.
나는 무능했고, 무기력했으며, 쓸모없는 인간이라 느
껴졌다. 그럴 때면 더 화려하게 꾸미고 밖으로 나가 나
는 괜찮다고, 편안하게 놀고먹으며 잘 살고 있노라고
스스로를 포장했다. 그러나 밤이 되면 무력감은 다시
나를 찾아와 몽둥이질해댔다.

널어놓은 빨래마냥

온종일 축 늘어진 내 모습

이제는 쉰내가 날 듯하다

"아라야, 요새 기분은 좀 어때?"

늘 무기력하고 우울한 나를 아이처럼 챙기고 걱정해
주는 친구들이 있었다. 내가 보란 듯이 잘나가는 사람
이 아니더라도, 뭐 하나 제대로 하는 게 없어도, 허구
한 날 몸이 아파 침대에 누워 지내는 사람이라도, 약하
고 불안정한 나름대로 사랑받고 있다는 느낌이 들어
위로가 되기도 했다.

"나야 똑같지, 뭐. 몸이 계속 안 좋아. 잠이 너무 쏟아
져서 일도 제대로 못 하고 맨날 체해서 밥도 못 먹고.
병원에 가도 딱히 몸에 이상이 있는 건 아니라고 하던
데 이유를 모르겠어. 나, 너희가 회사 다니는 거 보면
부러울 때도 있다? 나한테는 직장 구하고 평범하게 돈
벌어서 먹고사는 일이 절대 이뤄지지 않을 꿈처럼 느
껴지는데, 그걸 해내고 있는 걸 보면 대단해 보여. 상
대적으로 나는 너무 한심하고 쓸모없는 것 같고. 어떻
게 살아야 할지 모르겠다, 답답해."

늘 한탄을 늘어놓는 나에게 친구들은 왜 그런 식으로

생각을 하느냐, 또는 긍정적으로 생각을 바꿔 보라는 등의 충고를 건네지 않았다. 대신에 그들은 지그시 내 눈을 보며 이야기를 듣다가 아주 천천히 고개를 몇 번 끄덕이곤 했다. 그럴 때면 '그렇구나, 많이 힘들겠다.'라는 진심 어린 위로가 전해져 오는 것만 같아서 마음이 찡했다.

나는 더
잘난 사람이어야 하는데

내가 그려 왔던 이상적인 나의 모습과 현실 속 나의 모습은 너무 달랐다. 스물 중후반 즈음에는 누구보다 멋진 커리어 우먼이 되어 승승장구하고 있을 줄로만 알았는데, 현실에서는 당구장에서 공을 닦거나 헬스장 키운디를 보면서 빨래 더미를 날랐다.

나는 더 잘난 사람이어야 하는데, 현실과 이상의 괴리감에서 벗어날 수가 없었다. 겨우 이런 모습이 나의 현재라는 사실을 인정하고 싶지 않았다.

'에이, 아르바이트라도 할 수 있는 게 어디야. 사장님들도 인성 좋으시고 나한테 잘 대해 주시잖아.'

그렇게 현재 삶에 만족하자고 나를 달래며 지내다가도 한 번씩 초라한 현실을 직시할 때마다 지옥에서 천 개의 손이 뻗쳐 와 발목을 끌어당기는 느낌이 들었다. 몸이 자꾸만 무거워졌다.

아르바이트 인생에서 벗어나지 못하는 나를 보며 가족들 몇몇은 혀를 찼다.

"네 나이에 왜 그러고 있어? 얼른 제대로 된 직장에 취업해. 그래야 돈 벌어서 너희 엄마 호강시켜 주지."

그놈의 나이, 그놈의 취업, 그놈의 돈, 그놈의 효도. 나름대로 최선을 다해 걷고 있다고 생각했던 내 입장에서는 그런 말을 들을 때면 감정이 울컥 치솟기도 했다. 주변인들의 눈에는 나의 느린 걸음이 한없이 답답해 보일 수 있다는 사실도 이해는 했다. 그들의 말에 일리가 있다고 생각하다 보니 딱히 반박할 수도 없었다. 그렇게 조금씩 작아지고, 위축되고 있는 내 앞을 가로막고 서서 나를 지켜낸 것은 이번에도 역시, 엄마였다.

"앞으로 아무도 내 딸한테 취업해라 돈 벌어라 그런 소리 하지 마. 아픈 와중에도 용돈 벌이하겠다고 아르바이트라도 하는 게 얼마나 기특해 죽겠는데. 한 번만 더 그런 소리 해 봐, 아주. 인연을 끊어 버릴 테니까."

엄마는 강경한 목소리로 말했고 그 후로는 가족들 중 누구도 나에게 취업 이야기를 꺼내는 사람이 없었다.

구질구질한 생각들로
하루를 보내고

———

하루는 데이트하던 중 편의점에 들어가 결제를 하려
는 순간 남자친구의 차에 통신사 할인 카드를 두고 온
것이 생각났다. 편의점 점원분이 바코드를 찍는 그 짧
은 순간 동안 많은 생각에 머리가 복잡해졌다.

'그 카드 있으년 10%나 할인되는데. 지금이라도 가서
가져오자고 하면 너무 없어 보이려나? 그래도 10%면
1,700원은 할인되잖아. 차가 가까운 데에 있으니까 빨
리 가서 가져온다고 할까… 그냥 그런 거 신경 안 쓰는
척 아무렇지 않게 계산하는 게 나으려나?'

생각하는 사이 이미 계산할 타이밍이 되어 버렸다. 아
무렇지 않은 척 자연스럽게 계산을 하고 편의점을 나
왔지만 그날 하루 종일 1,700원을 손해 봤다는 생각이
머릿속에서 떨쳐지지 않았다.

'그때 그냥 빨리 가져오겠다고 얘기할걸. 그랬으면 아
낄 수 있었잖아. 땅 파면 1,700원이 나오는 것도 아니
고. 아까워 죽겠어. 내 돈!'

그러다가 고작 1,700원에 온종일 아쉬워하고 있는 내 모습이 한심하게 느껴져 견딜 수 없었다. 내가 속으로 이런 생각을 하는 걸 남자친구가 알면 얼마나 실망할까 싶으면서도 그 생각이 멈춰지지 않아서 화가 나고 답답했다.

'왜 나는 이런 생각에서 벗어날 수 없는 거야? 그깟 1,700원에 왜 이렇게 연연하고 있는 거지? 내가 돈을 못 벌어서 그런 건가? 돈도 못 버는 게 있는 거라도 아껴서 최대한 지출을 줄여야 하는데, 피 같은 돈을 그냥 날려 버렸으니. 그러게 왜 나는 돈을 못 벌어서. 왜 나는 무능력해서 이렇게 비참하고 부끄러운 삶을 살아야 하는 거야, 너무 싫어…'

나는 그동안 충분히 아이 같고 유치하며
원하는 걸 다 요구하는 성격이라 믿었는데
"이런 나를 계속 사랑해 줘."
그 말은 차마 하지 못했다.

절망은 넝쿨처럼
나를 휘감아

데이트를 마치고 집으로 돌아올 때면 급격하게 무기력함을 느끼는 경우가 많았다. 어떤 날은 현관문을 닫고 들어오는 순간부터 가슴이 턱 막히더니 세상이 온통 회색빛으로 변하기 시작했다.

'왜지? 갑자기 또 왜 이러는 거야, 도대체 이유가 뭔데. 잘 놀고 들어와서 왜 또 이런 느낌이 드는 거야? 답답하고 숨 막혀. 이 끔찍한 일들이 내일도 모레도 반복될 텐데, 이걸 어떻게 견뎌내? 난 평생 이런 삶에서 벗어날 수 없을 거야. 더 버텨낼 자신이 없어. 이러다 결국 죽고 말 거야.'

땅속 깊은 곳 어딘가에서 스멀스멀 기어 올라오는 시커먼 넝쿨들이 발끝을 서서히 휘감으며 다리를 타고 오르는 것을 느꼈다. 하지만 집에 도착했다는 남자친구의 연락이 오면 아무렇지 않은 척 웃으며 답을 했다.

그저 평온하고 모든 것이 완벽했던 하루의 끝에

개연성 없는 절망이 느닷없이 튀어나와

발끝을 타고 서서히 기어오르기 시작한다.

종이 끝자락에 닿은 물이 번져 올라가듯이

빠르지 않은 속도로 마비는 진행된다.

복부쯤 차오르면 숨이 가빠지고,

목구멍까지 찼을 땐 사랑하는 사람의 애칭을

부를 수 없게 된다.

그러면 나는 광활한 대지를 빼곡히 채운 유채꽃밭에

홀로 버려진 장님이 된다.

원망할 곳도
없다는 게

한부모 가정에서 자란 것을 딱히 부끄러워한 적은 없었다. 어린 나이에도 나는 알 수 있었다. 엄마는 아빠가 없어야 더 행복한 사람이 된다는 것을. 그리하여 당신의 모든 결정을 존중하고 응원해 왔던 것이다. 하지만 머리가 크면서는 한 번씩 '엄마는 왜 재혼을 하지 않았을까?' 하고 생각했는데, 사실 그건 의문보다는 원망에 가까운 마음이었다. 엄마를 사랑하면서도 때로는 안정적이지 않은 엄마의 삶에서 위협을 느꼈으니까. 엄마가 성공하거나 성공한 사람과 재혼이라도 해서 물질적 안정이 보장되었다면, 내가 조금 실패하고 넘어지더라도 지금보다는 심적 부담이 적었을 것이라는 아쉬움을 떨쳐 버릴 수 없었다.

부모님께서는 내가 초등학생일 때 이혼을 하셨다. 엄마는 제대로 된 직장도 없는 상태에서 최소한의 양육비도 받지 못한 채 혼자 두 아이를 키우셔야 했기 때문에, 우리 집은 기초생활 수급 대상으로 선정되어 정부

의 지원을 받았다. 내가 기억하는 혜택은 급식비 지원
과, 교통비 지원 목적으로 발행해 주던 무료 회수권 등
이 있었다. 형편이 어려운 가정 살림에 적지 않은 도움
이었지만, 혜택을 받으면서 썩 달갑지 않은 순간들도
있었다.

학창 시절에는 "급식비 지원 대상자들은 교무실로 오
세요."라는 방송이 교실에 울려 퍼지면 창피한 마음에
우물쭈물 친구들의 눈치를 살펴야 했다. 교무실에 가
서 선생님께 봉투를 받을 때면 '우리 집 못 사는 거 이
제 다 아시겠지? 선생님이 나 불쌍하다고 생각하시면
어떡해.' 하며 괜히 수치스러운 기분이 들기도 했다.

버스를 타면서 지원받은 회수권을 써야 하는 일도 곤
욕이었다. 형편이 어려운 사람들을 위해 발행된 그 회
수권은 일반 회수권과 색이 달랐다.

"학생, 이게 뭐야? 제대로 된 회수권을 넣어야지."

그 특별한 회수권에 대해 미처 교육을 받지 못한 어떤
기사분들은 버스 안 모든 사람에게 다 들릴 만큼 쩌렁
쩌렁한 목소리로 나를 채근했다. 그럴 때면 창피함에
온몸이 굳어져서 어찌해야 할 바를 몰랐다. 쥐구멍에
라도 숨고 싶은 심정이었지만 학교는 가야 했기에 버
스에서 내릴 수도 없었다. 나는 꾸물꾸물 버스 운전석

쪽으로 다가가 최대한 남들에게 들리지 않도록 작은 목소리로 기사님께 말씀을 드리곤 했다.

"이거요… 저기, 기초생활대상… 그거 받은 건데요."

하루는 집으로 돌아와 울면서 "엄마. 나 이런 거 쓰기 싫어. 창피해. 이거 안 쓰면 안 돼?"라며 떼를 썼다. 엄마는 그런 나에게 철이 없다거나, 돈도 없는데 그거라도 써야지 어쩌겠냐는 식의 핀잔을 주는 대신 죄지은 표정을 지으며 이렇게 말했다.

"엄마가 미안해."

그래, 나는 가난이 싫었다. 지긋지긋했다. 내가 이렇게 불안하고 휘청거리는 이유가 모두 가난 때문이라는 결론에 이를 때도 많았다. 하지만 딱히 누구를 원망할 수도 없었다. 엄마를 미워하기엔, 엄마를 너무 사랑했으니까.

도전보다는 익숙한 우울함이
나을 것 같기도 했다

면접을 본 기업에서 가까스로 합격 통보를 받았다. '다음 주 월요일부터 출근하시면 됩니다'라는 문자를 받고도 얼떨떨했다.

설레는 마음은 아주 잠깐. 곧 걱정과 두려움이 설렘을 몰아내며 달려들었다. 분명히 면접을 볼 때까지만 해도 합격만 하면 어떻게든 잘 다녀보겠다는 다짐을 했었는데, 막상 합격하고 나니 이상하게 마음이 달라졌다. 거리가 너무 먼 것 같기도 하고, 유니폼을 입어야한다는 것과 토요일 근무도 마음에 걸렸다. 집에서 회사까지 교통편도 불편해서 꽤 오랜 시간이 걸릴 터였다. 과연 잠이 많은 내가 꼭두새벽부터 일어나서 출근을 할 수 있을지 확신이 서지 않았으며, 일단 어떻게든 나간다고 해도 약해 빠진 체력으로 얼마나 버틸 수 있을지도 의문이었다.

'분명히 얼마 못 버틸 거야. 무슨 생각으로 여기에 지원했던 거지? 이럴 줄 알았으면 면접 보지 말걸. 어떡해, 그래도 그냥 나가 봐야 하나? 나가지 말까?

첫 출근이 예정되어 있던 월요일 아침, 나는 고민 끝에 인사 담당자에게 메시지 하나를 남기고는 다시 잠에 들었다.

"죄송하지만 제가 출근을 할 수 없을 것 같습니다. 죄송합니다."

우울에 기대고 싶은 날.

다시 웃고

힘을 내고

좋은 것들을 떠올리는 것 등의

소모적인 일들을 외면하고

납작해진 채로 그저

허공에 떠돌고 싶은 날.

예전 같지 않은
사이

언젠가부터 친했던 친구에게서 연락이 부쩍 줄어든 것을 느꼈다. 특별히 다툼이나 갈등이 있었던 것도 아니었는데, 이상하게 예전 같지 않은 찬 기운이 느껴졌다. 아무렇지 않은 척 먼저 안부를 물어보면 "응, 나야 잘 지내지. 너도 별일 없고?" 하는 식의 형식적인 인사가 돌아왔다. 그럴 때면 내게 늘 살갑게 대해 줬던 친구의 예전 모습이 떠올랐다.

'왜…?'

친구의 메신저 프로필 사진과 상태 메시지를 둘러보면서 기억을 되짚어도 나를 미워하게 된 계기나 단서를 찾을 수 없었다. 나도 모르게 내가 무슨 실수를 한 건 아닌지 한참 고민에 빠져 있다가 문득, 최근에 그 친구와 가까이 지내는 또 다른 친구의 얼굴이 떠올랐다. 평소 남 얘기를 좋아하고 툭하면 누군가를 험담하면서 "난 그래서 걔 싫더라."라고 말하던 친구였다.

심장에 벌레 한 마리가 기어 다니는 것처럼 기분 나쁜

불안감이 꿈틀거리기 시작했다. '걔가 내 얘기를 했나? 둘이 요즘 많이 붙어 다녔으니까 당연히 별 얘기다 했겠지. 대체 나에 대해서 무슨 말을 들었기에 멀어지려고 하는 거야? 걔도 그렇지. 그동안 우리가 쌓아온 우정이 있는데. 우리가 얼마나 친했는데, 날 얼마나많이 좋아했었는데…'

그러다 보면 그 친구와 처음 만났던 순간이나 서로의집을 왕래하며 놀았던 기억 등이 머릿속을 헤집고 지나갔다.

'속이 답답해… 아까 먹은 게 또 체한 건가? 몸이 무거워. 좀 누워야겠어.'

하루하루가 고비. 한숨 한숨이 고통.

눈 뜨는 순간부터 시작된다.

잠드는 시간이 가장 평온하고

잠에서 깰 때마다 밀려든다. 역겹게.

잠깐씩은 잊을 수 있지만

견딜 수 없는 시간엔 뭘 해야 하는지.

피부 트러블이
심해졌다

처음에는 이마에만 조금 올라왔던 좁쌀 여드름. 한동안 신경이 쓰였던 트러블은 나을 기미도 없이 점점 얼굴 전체로 퍼지기 시작했다. 그러다가 결국은 화농성 여드름이 되어 온 얼굴을 뒤덮었다. 아무리 피부과를 다니며 관리를 받아도 나아지지 않았다. 화장을 할 수도 없을 정도의 상태라서 딱히 가릴 방법도 없었다. 그러던 하루는 친척 모임이 있어 나갔는데, 멀리서부터 걸어오는 나를 아무도 알아보지 못했다고 한다. 점점 밖을 돌아다닐 자신이 없어졌다.

'내가 봐도 흉하고 끔찍한데 남들이 보면 얼마나 징그럽고 역겨울까? 길을 걸어 다니면 다들 내 피부만 쳐다보는 것 같아. 어릴 때부터 피부 좋다는 소리만 듣고 살았었는데 도대체 왜 갑자기 이렇게 된 거야. 이 얼굴로 어떻게 살아. 이러고 어떻게 돌아다녀. 이렇게 징그럽게 생겨서 무슨 일을 해, 사람들이 다 기피할 텐데. 다시 예전으로 돌아갈 수 없으면 어쩌지? 이런 얼굴로

계속 사느니 차라리 죽는 게 낫겠어.'

한동안은 지나가는 사람들을 봐도, TV 속 연예인들을 봐도, 심지어는 가족이나 친구를 만나 얘기할 때도 그들의 피부만 보였다.

'좋겠다, 피부가 맨들맨들해서. 좋겠다, 여드름 피부 아니라서. 입 주변에 아무것도 안 났네, 이마도 깨끗하고. 나도 저렇게 피부 좋을 때가 있었는데. 예전처럼은 바라지도 않으니까 나도 딱 저 정도 피부만 가질 수 있었으면 좋겠다.'

엄마, 이런 게
어른이 되는 건가요?

결국은 취업이라는 것을 했다. 적당히, 경쟁이 치열하지 않은 중소기업에 들어갔다. 가족과 친척들은 드디어 해냈다며 나를 응원했고, 나는 월급을 받아 엄마께 드릴 생각으로 마음이 들떴다. 이제야 제대로 된 어른의 삶을 살게 된 것 같았다.

그러나 직원의 업무 태도와는 상관없이 본인 기분이 좋지 않으면 다짜고짜 성을 내는 사장님의 비위를 어떻게 맞춰야 할지 도무지 알 수 없었다. 나는 분명히 지시받은 대로 일을 처리했을 뿐인데 뒤따른 결과가 만족스럽지 못하다며 "내가 하란다고 그대로 하면 어떡해!"라는 핀잔을 듣기도 했다. 그리곤 한숨을 푹푹 내쉬는 사장님 앞에서, 나는 서류 끝자락만 만지작거리며 고개를 들지 못했다.

내가 뭔가 잘못한 걸까, 혼란스러웠다. 나는 어떻게 해도 사장님 마음에 쏙 드는 유능한 직원이 될 수 없을 것 같다는 생각에 슬프기도 했다. 그에게, 인정받고 싶었는데.

사장님의 발자국 소리가 점점 무서워졌다. 사무실 문을 열고 저벅저벅 그가 걸어오는 소리가 들리면 태연한 척 메일 정리를 하거나 거래처 관리를 하는 척하면서 컴퓨터를 만지작거리고 있었다. 하지만 사실은 온몸이 얼어 버려서 움직이지 못할 지경이었다.

'이쪽으로 오지 마라, 이쪽으로 오지 마라… 사장실로 들어가 버려라.'

숨을 죽이고 속으로 빌면서 그의 발자국 소리가 뻗치는 곳에 청각을 곤두세웠다. 그는 대부분의 경우 곧장 사장실로 향했지만, 한 번씩은 내 쪽으로 와서 "아라 씨, 거래처에서 연락 없었어?" 등의 질문을 던지곤 했다. 그때마다 "딱히 특별한 연락은 없었어요."라는 대답을 하곤 그가 화난 기색 없이 돌아서는 것을 봐야만 마음 놓고 숨을 쉴 수 있었다.

나는 왜 사나

아침마다 왜 눈은 떠지나

하루하루가 버겁고 힘들었지만 티를 낼 수가 없었다. 스물 후반까지 알바만 전전하다가 이제 겨우 취업을 했는데, 이제야 부끄럽지 않은 자식 노릇을 할 수 있게 됐는데, 고작 몇 개월의 사회생활을 못 참아서 백기를 드는 꼴을 보일 수는 없었으니까.

'이 정도도 못 버려서 어떻게 살아갈래? 지금 때려치 우면 또 어디 가서 무슨 일을 할 건데? 그리고, 고작 두 달 다니고 회사 때려치웠다는 말을 친척들한테 어 떻게 해? 돈 벌어다 드리니까 엄마도 좋아하시잖아. 또 실망시킬 거야? 엄마한테 평생 짐짝처럼 붙어서 골 칫덩어리로 살 거냐고. 사회생활이야 어차피 어딜 가 나 똑같을 거야. 정신 차리고 버텨. 남들도 다 이 정도 는 참으면서 살아.'

사회 부적응자 같은 내 모습을 누구에게도 들키고 싶 지 않아서 이를 악물고 참았다. 일하다가 눈물이 날 것 같으면 화장실에서 울다가 얼굴을 정리하고는 새침한 표정으로 다시 사무실에 들어가 업무를 보곤 했다.

하지만 애써 괜찮은 척 하루하루를 버텨내는 일에도 한계가 찾아왔다. 다음날 출근에 대한 압박감과, 매일 아침 사장님을 마주쳐야 한다는 공포에 압도된 상태 로 온종일을 보내야 했던 나에게는 퇴근 후의 시간도 자유롭지가 않았다. 시간이 흘러가는 것이 두려웠다. 내일이 올까 봐.

생각을 걷어 내고 잠이라도 일찌감치 푹 자지 않으면 다음 날의 피로를 견뎌낼 수 없을 것 같아서 퇴근길에 맥주를 한 병 두 병 사 오기 시작한 게 결국 습관이 되었다. 매일 밤 책상 앞에 멍하니 앉아 술을 마시다가 취기에 졸음이 밀려오면 침대에 누워 잠을 청하곤 했다. 그럴 때면 한 번씩 방문을 열고 들어온 엄마가 어둠 속에서 술병을 치우는 소리가 들려오기도 했으나 나는 그냥 잠이 든 척 눈을 감고 있었다.

"애가 왜 요즘 통 안 마시던 술을 다 마셔~"

손가락 사이사이로 빈 술병을 쥐고 나간 엄마가 방문을 닫는 소리가 들려오면 동시에 눈물이 터졌다. 걷잡을 길 없는 눈물은 귓속까지 흘러 들어가곤 했지만 '엄마, 이런 게 어른이 되는 건가요? 이렇게 내가 자라는 게 맞나요?' 그런 질문을 할 수는 없어 이불을 머리 끝까지 뒤집어썼다. 나는 이제 그만 우직하고 자랑스러운 딸이 되어야 했으니까.

낮이 되면 괜찮아질 거야 늘 그랬듯이

해가 뜨면 괜찮아질 거야 조금만 참아

아침이 오면 다시 숨 쉴 수 있어

친구와 농담을 주고받고

엄마가 차려 주는 밥을 먹을 수 있을 거야

몇 시간만 참으면 돼

딱히 살아야 할
이유 같은 건

———

체력이 점점 떨어지더니 또다시 일상을 버텨내기 힘
들 정도가 되었다. 퇴근 후 돌아오면 숟가락을 들 기운
조차 없어서 저녁도 거르고 곧장 침대에 누워 잠을 자
야 했다. 하루에 적어도 30분씩 걷거나 스트레칭 등
가벼운 운동이라도 하는 것이 체력에 도움이 된다는
말을 하도 들어서 동네 휘트니스 센터에 회원권을 끊
어 놨지만, 천근만근인 몸뚱이가 도무지 일으켜지지
않으니 운동을 갈 수도 없었다. 내 일상에는 저녁밥 먹
고 드러누워 드라마 한 편 볼 시간이 없다는 게 견딜
수 없이 서러웠다.

일, 잠, 일, 잠.

'나는 돈 버는 기계인가. 이렇게 돈을 벌어서 뭐 하지?
어차피 잠만 자느라 쓸 시간도 없는데. 이런 게 삶이라
면 살아야 하는 이유가 있나. 아무 의미도 없는데.'

모든 생각은 뻗쳐 나가다가 삶에 대한 의문에서 멈추
곤 했다.

내일이 오는 게 두렵다고 느끼는 사람들이 있는데,
누군가에게는 1분 1초가 다가오는 것이 버겁다.

초침 소리에 온몸이 찔리는 느낌이 들면
어떻게든 잠에 들어 현실을 잊어야만 한다.
잠이나 온다면 말이다.

깨고 나면 지옥이 침대 밑에 입을 벌리고 있다는 것을
아는 상태로.

뭘 어떻게
하고 싶다는 건지

그땐 비루한 내 삶을 구제해 줄 왕자님 같은 사람을 만나고 싶기도 했다. 내 능력으로는 먹고살 자신이 없었으니까. 그러다 결국 집안과 능력이 좋아 '다 해 줄게'라고 하는 남자를 만난 적도 있었는데, 그렇다고 해서 딱히 마음이 나아지는 것도 아니었다.

'이렇게 사는 게 답일까? 그냥 이렇게 만족하고 살면 되는 거겠지? 시집이나 가서 사는 것도 뭐. 이 사람 정도면 나쁜 조건은 아니잖아.'

그렇게 마음을 달래 봐도 괴로웠다. 어린아이처럼 무조건적인 사랑과 보살핌을 받길 원하면서도 한편으로는 무능하고 약해 빠진 나 스스로에게 환멸을 느꼈다. 내 힘으로는 결국 아무것도 해낼 수 없다는 사실을 받아들이기가 힘들었다. 그렇게 스스로 가능성을 이루어 내며 열정적으로 사는 삶에 대한 갈증과, 도전하려는 마음에 벽을 치며 가로막는 막막함 사이에 갇혀 혼란스러운 날들이 계속되었다.

'다 해 주겠다잖아. 그럼 얌전히 시집이나 가면 될 것이지, 왜 그것도 싫다는 건데? 스스로 못 할 거면 성공은 바라지나 말든가. 이것도 못 하겠다, 저것도 못 하겠다 하면 도대체 어떻게 살겠다는 거냐고!'

답답한 나 자신이 싫었다. 그러다가 정말 시집이나 가 버릴까 진지하게 고민을 해 본 적도 있었으나 그때마다 따라붙는 생각들을 떨쳐낼 수도 없었다.

'이런 몸으로 시집살이에 아이는 키우겠지? 난 절대 육아를 견뎌낼 수 없을 거야. 생각만 해도 너무 힘들어. 이렇게 아무것도 할 수 없는 여자를 누가 데리고 살겠어, 매일 침대에 누워서 송장처럼 지내다가 결국 짐 덩어리가 될 뿐이지. 시부모님께서도 당연히 싫어하실 거고, 남자 쪽에서도 언젠가는 결국 지치고 말겠지. 젊고 예쁠 때야 외모가 무기라지만, 나이 들면서 내세울 것 하나 없어지면 그땐 또 뭘 믿고 살 건데? 난 결국 혼자 살아야 할 거야. 혼자 살려면 돈을 벌어야 하는데, 어떻게 돈을 벌고 어떻게 먹고 살지? 난 어떻게 살아야 하지?'

자신 없는 일을 마주할 때마다

가슴팍에서 뛰노는 불안.

의심이 확신으로 굳어지면 안 되는데…

현실로 닥치기도 전에 먼저 생각하는 버릇을

개나 주고 싶지만 정수리에 붙은 껌 같아,

이 밤은 쉽지가 않다.

누구도 알 수 없는
고통

다가올 인생을 어떻게 감당해야 할지 알 수 없었다. 막막함이 쏟아져 온몸을 짓누르면서 심장이 조여 왔다. 눈 딱 감고 유흥업소에 가서 돈이라도 벌어 볼까 하는 생각까지도 했다. 그곳에서 일하는 사람들이 몇백, 몇천은 우습게 번다는 이야기를 듣기라도 하는 날이면 알 수 없는 박탈감에 내가 하는 모든 일이 하찮게 느껴졌기 때문이다.

하루는 샤워하면서 머리를 감는데 머리카락이 너무 무거워 감당이 되지 않았다. 납처럼 무거운 팔을 겨우 움직여 머리를 헹구고 나서 왼쪽 팔뚝에 기다랗게 머리카락 한 올이 붙어 있는 것을 보았을 때 그만 눈물이 핑 돌았다. 머리카락을 잡아 뗄 기운이 없었다.

'너무 무거워… 힘들어… 매일 이렇게 머리를 감을 자신이 없어…'

다음 날, 길었던 머리를 단발로 잘랐다. 가족과 친구들에게는 머리카락 무게가 나를 짓누른다는 이상한 진실을 곧이곧대로 전하지는 않았다. 그냥 긴 머리가 좀 지겹기도 하고 번거로웠다고 말했다. 심지어는 샤워기 수압이 고통스러웠던 날도 있었다. 샤워 물줄기를 맞고 있노라면 마치 뾰족하고 차가운 송곳을 온몸으로 받아내는 것처럼 살갗이 아팠다. 이런 구체적인 이야기는 정신과 선생님께도 털어놓은 적이 없었다.

기꺼이 들어 줄 사람들이 곁에 있음을 알면서도 입을 열지 않았던 것은, 마음이 곪는 동안 켜켜이 쌓여 온 설움 때문이었다.

'어차피 아무도 이해 못 해. 이런 얘길 해서 뭐 해.'

그렇게 불안할 땐 "잠이 쏟아진다."는 말을 주로 했다. 자신이 없을 땐 "몸이 무겁다"고 했으며, 위태로울 때면 "아무것도 모르겠어."라고 말하곤 했다.

상태가 심해졌을 때의 나는 아픈 사람이라기보다는 물에 젖은 나방에 가깝다. 날개가 점점 무거워지면 날갯짓이 버겁다. 나를 짓누르는 압력이 지탱할 수 있는 정도를 넘어서면 퍼덕거리기를 멈추고 가쁜 숨을 쉰다.

이 추상적인 표현들이 얼마나 사실적인지 가늠할 수 있는 유일한 방법은 당신이 우울증에 걸리는 것이다.

엄마는 나의 글을 보며 신선한 표현들이라고 했고 나는 살짝 웃었지만, 사실 이 모든 것들은 정확한 표현일 뿐이다. 나는 실제로 물에 흠뻑 젖은 나방이 되거나 달팽이가 되어 녹아내리는 경험을 한다.

이런 나를
이해받고 싶었다

"운동을 좀 해 봐. 산책하러 나가 봐. 하루에 조금씩이라도 움직여 봐. 네가 너무 안 움직여서 더 우울한 걸지도 몰라. 햇빛을 쐬러 좀 나갔다 와."라는 조언을 듣는 일에는 점점 신물이 났다. 나에게는 침대에서 몸을 일으키는 일이, 양말을 신는 일이, 그리고 팔뚝에 붙은 머리카락 한 올을 떼어 내는 일마저도 고역인데.

나를 아낀다는 사람들이 정작 하나도 나를 이해하지 못한 채로 그들만의 해결책을 강요하는 것 같아 답답하고 서러웠다. 말로는 나를 이해한다고 하지만 운동도, 산책도 '할 수 있으면서 하지 않는' 거라고 오해할 뿐이었다.

'당신이 뭘 알아. 이렇게 태어나 봤어? 이런 몸으로 살아 봤어? 나라고 뭐 움직이고 싶지 않아서 안 움직이는 줄 알아? 누구는 뭐 이렇게 살고 싶어서 자빠져 있는 줄 아냐고. 하고 싶어도 안 되는 걸 어떡해. 몸이 안 움직여지는데 어떡해. 팔다리가 천근만근인 걸 어떡

해. 온몸이 두드려 맞은 것처럼 아픈데 그럼 어떡해. 잘 알지도 못하면서, 아무것도 모르면서.'

내 뜻대로 움직여지지 않는 나를 이해받고 싶었다. 하지만 정상적인 사람들에게 이 알 수 없는 중압감을 설명할 방법도 없었고, 그들에게 나를 납득시킬 자신도 없었으며 무엇보다도 그럴 힘이 없었다. 나는 말수가 줄어갔다.

"왜 아무 말을 안 하니? 예전엔 안 그랬잖아."
"그러게."

계속되는 지인들의 염려.
손톱만 깨져도 징징대던 나였는데 말을 잃어 간다.
텅 빈 위로라도 받고 싶은 마음을 잃어 간다.

"네가 정신력이
약해서 그래."

내가 우울증을 겪으면서 들었던 말 중에 가장 잔인하고도 아픈 말. 그건 언제까지 그렇게 살 거냐는 핀잔도, 얼른 취업해서 효도하라는 훈수도, 결혼은 언제 할 거냐는 잔소리도 아닌 "네 정신력이 약해서 그런 거야"라는 한 마디의 말이었다.

우울증이라는 게 어떤 병인지 직접 겪어 보지도 않았으면서 무턱대고 정신력, 정신력 하는 사람들을 보고 있자면 입을 비틀어 버리고 싶을 정도로 부아가 치밀었다. 그 말은 결국 온전히 기능하지 못하는 나를 멸시하는 우수 종자들의 거들먹거림 같기도 했다.

화가 가장 많이 났던 포인트는, 그들이 나의 병에 대해서 '쉽게' 이야기한다는 느낌이었다. 비록 겉으로는 보이지 않았겠지만 나는 온 삶을 통째로 비틀리며 고통에 울부짖고 있는데, 날 때부터 평범했던 사람이 그저 가볍게 비웃듯이 내 상태와 그 근원에 대해서 한 마디로 정의를 해 버린다는 게 원통했다. 제대로 알아주는 것까진 바라지도 않으니 함부로 쉽게 말이나 하지 않았으면 싶었다.

그렇게 가끔은 나 자신이 세상에서 가장 처량하고 안쓰러운 피해자인 듯 느껴져 자기 연민에 빠져 있다가도, 또 어느 날은 스스로의 한심함에 치가 떨려 참을 수가 없었다. 나약한 정신력을 탓하는 사람들의 말에도 일리가 있다는 생각이 문득 들 때도 있었다. 주변을 조금만 둘러봐도 나보다 열악한 환경에서 사는 사람들을 볼 수 있었으니.

'그러게 네가 뭐가 그렇게 힘들어? 진짜 힘든 사람에 비하면 너 정도 힘든 건 아무것도 아니야. 당장 길거리에 나앉을 만큼 집이 가난하기를 하니, 집에서 돈 벌어오라고 눈치를 주니, 그렇다고 몸에 큰 이상이 있어 거동이 불편하니. 남들은 더 힘든 상황에서도 어른답게 잘만 버티면서 살잖아. 딱히 고생하는 것도 없으면서 도대체 뭐가 그렇게 우울하다고 매번 이렇게 징징대는 거야. 너는 왜 우울한 거야, 도대체 왜 무기력한 거야! 정말이지 이해할 수가 없어. 네 투정을 언제까지 받아 줘야 할지 모르겠어. 난 이제 자신이 없어.'

자정이 넘으면 내 방 창틀을 넘어 감정은 범람한다.

정서적 코마 상태.

넘치는 감정은 정리가 되지 않은 채 실타래처럼 얽혀

방 안 곳곳에 널려 있다가 해가 뜨면 사라진다.

그 후에 오는 것은 메마름.

모든 감정이 소진되어 가뭄이 들면

갈라진 틈 사이를

빈틈없이 절망이 채운다.

삶과 죽음의 경계를
넘나들며

구체적으로 죽어야겠다는 생각을 해 왔던 것은 아니었다. 그저 평소와 다름없이 이불 속에서 무기력하고 절망적인 하루를 보내고 있었을 뿐인데, 그날따라 유독 방 안이 어둡고 적막하게 느껴졌다. 그 순간 내 안에서 떠돌던 감정들에는 정확한 이름을 붙일 수가 없을 것 같다. 불쾌한 회색 덩어리들이 울렁거리는 느낌이었다고 할까?

스멀스멀 내 몸 위를 넘실대던 절망이 방을 채우자 나는 홀린 듯이 인터넷에 죽을 방법을 검색했다. 마침 엄마가 약속이 있어 나갔으니 오늘이면 될 듯했다.

하지만 현관문을 열고 들어올 엄마가 망연자실할 모습이 자꾸 상상되어 괴로웠다. 엄마에게 그런 모습을 보이고 싶지는 않았다.

엄마, 들어오지 말고 경찰 불러

그런 쪽지를 현관에 붙여 두면 괜찮을 것 같기도 했다.
하지만 그날 당장에 죽을 생각은 아니었는지, 나는 죽는 연습만 좀 해 두고는 엄마가 눈치 채지 못하도록 모든 증거를 인멸했다. 이제 아무렇지 않은 척 며칠만 더 살다가 가면 되는 일이었다. 이상한 해방감이 들면서 마음이 편안해졌다.

그리고 내가 정말 떠나기로 한다면, 가족과 친구들에게 이런 말을 유언처럼 전하고 싶었다. 나의 죽음이 아니라 스스로를 위해서만 울었으면 한다고.

사랑하는 당신의 딸이, 친구가 고통 속에 살다가 삶을 포기했음에 슬퍼하지 말고, 그를 잃어버린 자신을 위해서 딱 그만큼만 울라고. 그 상실감만큼만 울어도 좋다고.

나는, 더 아름답고 평화로운 곳으로 웃으며 갔노라고.

자꾸만 죽을 생각을 하는 내가 섬뜩해서 깜짝깜짝 놀라는 날들이 많아졌다. 내 의지와 상관없이 뻗쳐 나가는 생각의 줄기를 보고 있노라면 악마에게 뇌를 조종당하는 게 아닐까 하는 의문마저 들었다. 나 빼고 다 정상 범주에 속해 있는 것 같은 사람들 속에서 아무렇지 않은 척 산다는 것이 외롭기도 했다.

"괜찮아, 넌 아프니까. 괜찮아, 넌 약하니까."

나를 아끼는 사람들로부터 위로를 많이 받았지만 그들 중 누구도 나를 온전히 이해할 수는 없었다. 그때 나에게 가장 필요했던 것은 사실 따뜻한 위로보다는 '나처럼 미친' 친구였다. "어? 너도 그래? 나도 그런데!" 우습게도, 그런 말을 들으면 좀 나아질 것 같았다.

하지만 주변의 그 누구에게서도 나처럼 심각한 우울증이 있다는 소리는 들어 본 적이 없었다. 하루는 내 머릿속에서 일어나는 일에 대해서 친구에게 설명했는데, "아, 나는 어느 정도 우울해지긴 해도 생각이 그렇게까지 흐르지는 않아서."라는 대답이 돌아왔다. 친구는 그런 나를 다 이해해 줄 수 없음에 진심으로 안타까워했고, 나는 그 애를 이해했다.

"요새 또 그런 생각을 하는 거니?"
걱정스런 지인들의 물음에
생각을 하는 게 아니라 생각이 쳐들어오는 거라고 대답하고 있는 나를 보며,
그들이 나를 사랑하지 않는다면 내가 하는 말들이 얼마나 미친 사람의 말처럼 느껴질까 싶었다.

그래도
살아 주면 안 되겠니

이미 생기를 잃은 채 그저 숨만 붙어 지내던 어느 하루. 엄마는 나를 저수지가 보이는 카페 창가에 데려다 앉혔다.

"아라야, 회사를 그만두는 게 어때?"

엄마는 차분히 말을 이었다.

술은 입에도 대지 않던 딸년이 취업하고 어느 날부터인가 책상 위에 빈 술병을 늘어놓고 잠에 들기 시작했을 때, 엄마는 알았다고 한다. 마음이 아픈 내 아이가 어느 날인가 그러하기로 한다면 그래, 먼저 보내야 할 날이 올 수도 있겠구나. 가진 돈 탈탈 털어 둘이서 같이 세계 여행이라도 다녀온 뒤 함께 죽을까 생각도 하셨노라고. 억억대며 우는 나의 손을 잡고 엄마는 또 이렇게 덧붙였다.

"그래도 살아 주면 안 돼? 어디서 뭘 하든 너 좋을 대로 다 하면서 그렇게, 그냥 살아만 주면 안 돼?"

엄마는 강물처럼 울었고 나는 이제 죽을 수도 없게 되었다.

"너의 부족함을 인정하고 받아들이렴.

네가 대단한 사람이 아니더라도 엄만 너를 사랑해."

그 마음 하나에 나는,

별것도 아닌 삶이라도 살아 봐야겠다고

마음을 먹었던 것 같다.

남들은
잘만 견디는데

곧바로 퇴사를 결심했다. 엄마에게 꼬박꼬박 월급을 이체하는 일이 궁극적으로 당신을 행복하게 하는 일이 아니라면, 더 이상 내가 회사에 붙어 있어야 할 이유도 없었기 때문이다.

그렇게 지옥 같았던 회사에서 일단 뛰쳐나오긴 했으나 그렇다고 마음이 편하기만 한 것은 아니었다. 이런저런 이유로 한 곳에 진득이 붙어 있지 못하는 나 스스로에 대해 자꾸 의문이 들었기 때문이다.

몸이 약해서, 너무 피곤해서, 자신이 없어서, 우울해서, 상사의 성격이 별로라서.

'하지만 다른 사람들은 그런 것쯤 다 참고 견디면서 사는걸? 조금만 뭐가 마음에 안 들거나 힘이 든다고 해서 나처럼 쉽게 그만두지 않던데. 왜 나는 다른 사람들에 비해 이렇게 끈기도 없고 의지가 약한 거지? 이런 성격으로 뭐 하나 제대로 할 수나 있을까? 지금까지 그랬던 것처럼 어딜 가도 금방 뛰쳐나오고 말 텐데.

이래서는 다음 직장을 애써 구해 봤자 또 얼마 안 가 그만두게 되겠지. 남들 다 하는 평범한 사회생활도 견뎌내지 못하고, 무엇도 제대로 할 수 없을 거야. 도대체 내 성격은 왜 이런 걸까… 너무 답답해.'

나는 날마다 절망했다.
절망 말고는 할 수 있는 게 아무것도 없었으니까.
TV를 볼 수도, 책을 읽을 수도, 운동을 갈 수도,
밥을 먹을 수도 없었다.
내게 허락된 것은 끝없이 절망하는 것.
언젠가는 절망의 끝에서 떨어져
두개골이 두 동강 나기를 소망하는 것.
그것뿐이었다.

이곳을 벗어나면
좀 나아질까 싶어서

회사를 그만두자마자 워킹홀리데이 비자를 받아 호주로 떠날 준비를 했다. 이 시기에 나는 사회 부적응자가 분명하다는 확신에 차 있었기 때문에, 어차피 한국에서는 평범하게 직장 생활을 하며 살아갈 자신이 없었다. 또 호주는 시급이 한국보다 높아서 아르바이트만 해도 생계유지가 가능하다는 점이 끌렸다. 뭐 이런 식으로 장황하게 이야기할 수도 있지만 한마디로 요약하자면, 그냥 도망친 거다. 한국이 싫었다.

떠나기로 한 나의 결정에 지인들은 실행력이 멋지다며 박수를 쳤다. 남들은 생각만 할 뿐 쉽게 행동으로 옮기지 못하는데, 넌 분명히 크게 될 거라고 나를 응원했다. 그런데 나는 그게 또 부담스러웠다.

'나는 대단한 사람이 아냐, 크게 될 사람도 아니고. 그냥 도망가는 건데…'

나를 믿어 주고 높게 평가해 주는 사람들의 말이 무겁게 어깨를 짓눌렀다. 그냥 '이쯤에서 내가 별 볼 일 없는 사람이라는 것을 깨닫고 더 이상 나에게 그 어떤 기대도 하지 않았으면' 하는 마음, 그러면서도 '정말 내가 별 볼 일 없는 사람인 것을 알아채고 실망하면 어쩌나' 하는 불안이 기습했다. "쟤는 뭐 대단한 사람이 될 것처럼 그러더니, 별것도 아니었네." 하며 등 돌려 떠나가는 사람들의 뒷모습이 보이는 듯했다. 차갑게 수군거리는 소리가, 그 비웃음이 들리는 듯했다.

호주에 도착하자마자 집으로 돌아가고 싶었다. 낯선 땅이, 낯선 사람늘이, 무섭고 막막했다.
'내가 여길 왜 온다고 한 거지? 이제 뭘 어떻게 해야 하지? 무슨 생각으로 집 놔두고 이 고생을 하러 온 거야? 여길 와서 뭘 어쩌겠다고. 난 결국 여기서도 아무것도 할 수 없을 텐데.'
하지만 패기 넘치게 한국 땅을 벗어난 지 고작 며칠도 안 돼서 집으로 돌아갈 수는 없었다.
'사람들이 뭐라고 생각하겠어, 그렇게 의기양양하게 떠나와 놓고. 네가 애야? 이랬다저랬다 하게. 이제 넌 돌아갈 수 없어. 버텨.'
아무렇지 않은 척, 괜찮은 척, 잘 적응하고 있는 척, 불안하고 겁나지 않는 척 엄마에게 웃으면서 전화를 걸어 소식을 전했다. 하지만 엄마는 목소리만 듣고도 내가 겁에 질려있다는 것을 알아챘다. "너 거기 간 거 후회하지? 돌아오고 싶은 거 같은데~" 그 말에 순간 당황하고 멋쩍기도 해서 의아한 척 되물었다. "응? 아닌데, 괜찮은데. 왜 그렇게 생각해?" 그리고 엄마는 이렇게 말했다.

"그냥, 그럴 것 같아서~ 돌아오고 싶으면 억지로 참지 말고 돌아와. 당장 내일이라도 돌아와. 괜찮아, 네 집 여기에 있어. 왔다가 다시 떠나고 싶어지면 언제든지 다시 가도 돼."

세상에, 그 말이 어찌나 위안이 되었는지! 엄마와의 통화 이후로 알 수 없는 용기가 생겼다. 당장이라도 돌아가고 싶었던 마음이 거짓말처럼 사라졌다. '까짓것, 하는 데까지 해 보지 뭐.' 내가 원하면 언제든지 돌아갈 수 있다고 생각하니 전처럼 마음이 무겁지 않았다.

"넌 정말 잘 될 거야. 넌 무조건 해낼 거야."라는
말이 아니라
"잘 되지 않아도 괜찮아. 잘 해내지 못해도 괜찮단다."라는
말이 필요했던 것 같다.

떠나왔지만
별다를 게 없다

호주에서 제일 처음 구한 일은 현지 레스토랑 서빙이 었는데, 그 일을 하면서 크게 깨달은 것이 있다. 내가 서빙을 더럽게 못한다는 것. 어느 정도 기본 영어 회화 가 가능한 상태로 가긴 했지만, 익숙지 않은 현지 영어 를 못 알아들어 애를 먹을 때도 많았다. 또한 테이블 번호를 외우는 것부터 메뉴를 전달하는 순서까지 뭐 하나 헷갈리지 않는 게 없었다.

'이게 아닌가? 기억이 안 나. 너무 정신 없어. 나는 왜 이런 것 하나도 제대로 하지 못하는 거지? 남들은 나 처럼 헤매지 않는 것 같은데, 왜 이렇게 어려운 거야.' 나의 재능 부족을 입증이라도 하듯 매니저들은 나를 보며 답답하다는 표정과 함께 한숨을 쉴 때가 많았다. 나 딴에는 최대한 미소를 지으며 일했는데도 매니저 들로부터 '친절해 보이지 않는다.'는 평가를 받을 때 면 점점 더 위축되고 자신감이 떨어졌다. 일을 나가는 시간이 두려워지기 시작했다. 게다가 일 시작 전 가졌

던 5~10분가량의 미팅에서 다른 직원들끼리는 서로
친한데 언제나 나만 혼자 동떨어져 있는 기분이 드는
것도 신경이 쓰였다. 일부러 나를 피하거나 따돌리는
분위기는 아니었지만, 자기들끼리 농담을 주고받거나
서로의 일상에 대해서 이야기 하는 것을 듣고 있으면
괜히 마음이 불편하고 울적했다.

가족이 너무 그리웠다. 엄마가 종종 오빠네 부부와 조
카를 데리고 외식을 나가서 사진을 찍어 보내면, 그 사
진을 보면서 엉엉 울기도 했다. 내가 그곳에 함께 있을
수 없다는 사실이, 멀리 떨어져 있어야 한다는 사실이
끔찍하게 싫었다. 내가 없는데도 너무 화목하고 즐거
워 보이는 가족들에게 가끔은 질투 섞인 화가 나기도
했다. 나도 가족들의 웃음소리를 듣고 싶었다. 시시콜
콜한 이야기를 함께 나누고 싶었다. 그 따뜻한 온기를
다시 느끼고 싶었다.

'그렇다고 돌아갈 수는 없잖아. 여기선 알바만 해도
먹고살지만 한국에서는 딱히 할 수 있는 일이 없어. 그
러니까 뭐 어쩌겠어, 얻는 게 있으면 잃는 것도 있는
법이니까. 참고 돈 벌자. 돈 벌어야지.'

전면이 유리로 된 레스토랑 밖으로는 멋진 항구가 보

였다. 매주 토요일이면 그곳에서 불꽃놀이를 했다. 연인들이, 가족들이 기름진 음식을 즐기면서 유리창 너머로 펼쳐지는 형형색색의 불꽃놀이에 감탄하는 동안 나는 행주를 들고 테이블을 치우며 남은 음식과 식기들을 주방으로 날랐다. 불꽃놀이가 너무 예뻐서 넋을 놓고 구경하고 싶은 마음이 굴뚝같았지만, 최대한 유리창 밖으로는 시선을 두지 않으려고 노력했다. 바쁘게 움직이지 않으면 매니저들이 평가에 반영할 게 분명했기 때문이다.

'그래, 주말마다 터지는 불꽃놀이가 뭐 그렇게 대단하다고. 돈 버는 것만큼 중요한 게 어디 있어. 이런 일자리 구하고 싶어도 못 구하는 사람들도 있는데. 감지덕지해야지.'

그러던 하루, 평소와 다름없이 행주를 쥐고 빈 테이블을 치우러 계단을 올랐다가 머리가 흰 노부부를 발견했다. 꽃다발 하나를 사이에 두고 다정하게 손을 마주 잡고 있는 그들의 모습을 본 순간 기분이 묘해졌다. 다른 젊은 커플들도 많았는데 유독 그 노부부에게서 시선을 뗄 수가 없었다.

'부럽다. 서로 얼마나 사랑하는 걸까? 머리가 희어서도 저렇게 애틋한 눈빛이라니. 얼마나 아끼며 살아왔으면 저렇게 따듯한 표정으로 서로를 바라볼 수 있는 거지? 나에게도 저런 날이 올까? 평생을 함께할 반려자를 만나 주말 오후 맛있는 음식과 아름다운 풍경을 즐기는 그런 여유를, 언젠가는 나도 누리게 될까? 그리고… 내 인생에도 빛나는 순간이 찾아올까?

너무 많은 생각과 의문들이 한순간 폭주했다. 하지만 그런 생각에 빠져 행동이 굼떠진 것을 들킬까 봐 행주를 쥔 손을 다시 분주히 움직였다.

세상에서
먹는 게 제일 재밌어

레스토랑에서는 보통 자정이 돼서야 퇴근을 했다. 숙소에 돌아오면 냉동실에 얼려 두었던 피자를 꺼내 해동한 후 마요네즈를 뿌려 삼키듯이 먹어 치웠다. 하루 중 유일하게 달콤하고 위안이 되는 시간이었다. 전처럼 수시로 체하거나 속이 아파 고생하는 일이 줄어든 만큼, 식탐이 강해지는 것을 느꼈다. 잔뜩 배를 채우고 침대에 눕자마자 다음 날 아침 일어나 먹을 메뉴에 대해서 생각하기 시작했다.

'블루베리 요거트에 체리랑 오렌지 넣고 사과도 썰어서 넣어야지. 아 맞다, 크랜베리 있는 것도 좀 섞으면 되겠네. 그리고 식빵 구워서 한 쪽에 버터 잔뜩 바르고 그 위에 딸기잼 듬뿍 얹어서 먹으면! 아, 맛있겠다. 얼른 아침이 됐으면 좋겠다. 빨리 또 먹을 수 있게. 지금도 배만 안 부르면 좀 더 먹을 텐데. 왜 사람은 배가 부르게 만들어져 있는 걸까? 세상에 맛있는 게 얼마나 많은데, 자꾸 배가 부르니까 기껏해야 하루 세끼밖에

못 먹잖아.'

그렇게 먹다 보니 결국 살이 무섭게 찌면서 몸집이 불어났다. 예전 같지 않은 몸매를 거울로 비춰 볼 때면 자꾸 한숨이 났다. 하지만 다시 살을 빼는 일은 막막하게만 느껴졌고, 식탐 역시 줄어들 생각을 하지 않았다. 짧은 반바지를 입고 나갔던 어느 날은 당시 만나던 남자친구에게서 이런 말을 듣기도 했다.

"운동 좀 해. 앞에 공원 있잖아. 거기 가서 좀 뛰고 그래. 나 솔직히 네 허벅지 보고 깜짝 놀랐어."

부끄럽고 수치스러웠다. 내 허벅지가 굵으면 날 안 좋아할 거냐고, 살이 좀 쪘으면 찐 대로 그냥 예뻐해 주면 어디가 덧나느냐고 따져 묻고도 싶었지만 한편으로는 그건 너무 뻔뻔한 태도가 아닐까 하는 생각이 들기도 했다. 사실은 나부터도 내 몸이 예뻐 보이지도, 자랑스럽지도 않았으니까. 그때부터는 나보다 날씬한 여자들만 온통 눈에 보이기 시작했다.

'저 여자 다리 되게 얇네. 운동하나? 저런 여자는 하루에 얼마나 먹을까? 나도 저랬었는데… 날씬해지고 싶고, 예쁜 핏으로 옷 입어 보고 싶어. 아, 예전에는 말랐었는데 왜 이렇게 됐지? 우울해.'

그렇다고 다이어트에 박차를 가한 것도 아니었다. 먹

고 싶은 욕구를 참아내지 못하고 음식을 밀어 넣으면, 이번엔 곧바로 눕고 싶은 욕구가 몸을 짓눌렀다. 여기 저기 돌아다니자는 친구들의 제안도 웬만하면 거절하고 방 안에서 TV를 보면서 하루 중 대부분의 시간을 보냈다. 그렇게 뒹굴뒹굴하면서 남자친구의 일이 끝나기를 기다리고 있다가 그가 퇴근하면 함께 저녁을 먹으러 나가곤 했다. 나는 그 시간이 너무 편안하고 즐거워서, 자꾸 그 시간만을 기다리게 되었다.

어쩜, 뭐 하나
제대로 하는 게 없는지

———

남들은 급여 수준도 괜찮고 복지도 좋은 현지 레스토
랑 일을 구하지 못해 안달이라고들 했다. 내가 그런 레
스토랑을 그만둔 데에는 여러 가지 이유가 있었는데,
그중 하나는 부족한 영어 실력 때문이었다.

어느 정도 기본 회화가 되는 수준이라지만 아무리 그
래도 현지인들의 발음이나 속도를 따라갈 수가 없어
듣기부터 애를 먹는 경우가 많았다. 손님이 묻는 말이
무슨 뜻인지 몰라 식은땀만 흘리며 서 있으면 '얘는
제대로 알아듣지도 못하는 애가 왜 이런 데서 일하고
있어?'라는 비난 섞인 시선이 사방에서 쏟아지는 것
같았다. 창피하고 부끄러웠다.

또한 내 의사를 전달하고 싶은데 단어가 떠오르지 않
거나 문장이 생각만큼 따라 나오지 않으면 가슴이 턱
턱 막히는 기분이었다. 일단 뱉어 놓은 문장이 마음에
들지 않거나 문법적으로 오류가 있음을 깨달을 때에
도 그랬다. 내가 너무 부족하다는 생각에 자책이 들면

서 위축됐고, 영어를 쓰는 것 자체가 싫어졌다. 언어적으로 한계를 느끼고 위축되다 보니 동료들과도 말을 섞는 게 불편해져서 점점 일터에서 보내는 모든 시간이 괴롭게만 느껴졌다.

결국 나는 페이도 낮고 복지도 좋지 않은 한인 가게로 옮겨 일을 다시 시작했다. 근무 조건이야 별로였지만 함께 일하는 사람들과 편하게 시시콜콜한 잡담을 주고받을 수 있었고, 무엇보다도 타지 생활을 하는 한국 젊은이들만의 끈끈한 유대를 나눌 수 있다는 게 큰 장점으로 느껴졌다. 낭시의 내겐 어디엔가 속해있다는 느낌이 간절했기 때문이다.

시내 한복판의 중국 요리 집이었던 그곳에서 일하는 동안, 사람들과는 즐거웠지만 일적으로는 트러블이 많았다. 레스토랑에서 중국집으로 옮긴다고 없었던 서빙 재주가 생겨나는 건 아니니까. 늘 동선이 꼬이고 비효율적인 방법으로 일하는 나를, 그래도 함께 일하는 언니 오빠들이 많이 눈감아 주었다.

그러던 어느 하루는 포장 주문을 해 간 손님이 음식이 잘못 포장되어 왔다며 컴플레인을 걸었다. 글쎄, 자장면의 면만 넣어 놓고 자장을 포장하지 않았다며. 그게 누구의 실수인지 잘 알고 있었던 나는 초조한 마음에

발을 동동 구르다가 결국 가게 매니저에게 가서 변상하겠다는 말을 했다. 그는 "이건 가게 책임이지 네 책임이 아니야. 네가 왜 변상을 해."라고 답했는데, 그 말이 고맙긴 했지만 내 멍청한 실수 때문에 모두에게 피해를 끼쳤다는 죄책감이 도통 사그라지지 않았다.

'나는 왜 고작 이런 일 하나도 제대로 처리를 못해서. 세상에 자장면에 자장을 안 넣는 경우가 어디 있니? 생각이 있는 거야, 없는 거야. 그때 좀 더 꼼꼼하게 봤어야지. 자장면 하나도 제대로 포장 못하는 애가 무슨 일을 제대로 하겠냐고. 멍청해. 병신. 뭐 하나 제대로 하는 게 없어. 한심하고 쪽팔려.'

달콤했던 그 남자는
어디로 갔을까

"오빠 일은 왜 그렇게 바빠? 일할 사람이 오빠밖에 없어? 지금 또 나가 봐야 한다고? 그럼 나랑은 언제 놀아? 난 맨날 이렇게 혼자 있어? 오늘은 또 언제 끝나는데! 그럼 나는 언제까지 기다리고 있으라고!"

남자친구가 바쁜 게 너무 싫어서 그에게 자꾸 언성을 높이고 히스테리를 부리게 됐다. 시도 때도 없이 남자친구를 불러내는 그의 사장님을 어디 가서 쥐도 새도 모르게 죽여 버리고 싶다는 생각까지 들기도 했다. 나는 이렇게 화가 나는데 너무나도 침착한 목소리로 "어쩔 수 없잖아, 일인데."라며 받아치는 모습을 보고 있노라면 울화통이 터져서 금방이라도 심장이 폭발해 버릴 것 같았다.

"그러지 말고 너도 할 만한 거 찾아서 자격증 따 놓으면 좋을 것 같은데. 나중에 결혼하면 가게 하나 차려 줄 테니까, 뭐 배워 볼 생각 없어?"

그 와중에도 차분하게 미래를 준비해 나가는 남자친

구의 물소처럼 묵직한 모습은 내가 그에게 빠지게 된 결정적 이유이기도 했으나, 당시의 나는 남자친구에게 '앞으로 네가 먹고살 길을 터라' 등의 말을 듣고 싶은 게 아니었다. 최대한 일을 줄여서 나와 시간을 더 보내 주겠다는 약속을 듣고 싶었지. 또한, '약하고 아픈 너는 제대로 일을 하지 못할 게 분명하니 미래는 걱정하지 마라, 너 하나쯤은 내가 책임지겠다.'라고 단언해 주지 않는 그가 야속하기도 했다. 정말 사랑한다면, 기꺼이 나를 책임지려고 하는 게 정상이라고 생각했으니까.

나 때문에 죽고 못 살겠다던 연애 초반의 그는 어디로 갔을까? 세상의 달콤한 것을 모두 녹여 내게 줄 것만 같았던 남자친구는, 시간이 지나면서 점점 무심한 남자가 되어 갔다.

그녀보다
내가 뭐가

———

"밥은 잘 챙겨 먹고 있어? 돈 아끼지 말고 과일 많이 사 먹어. 건강하지 않으면 돈 벌어도 다 소용없어."

엄마의 당부에는 늘 알겠다고 대답하며 전화를 끊었지만, 막상 마트에 들어서면 가격표에서 시선을 떼지 못한 채 바구니 손잡이만 만지작거리며 과일 코너를 서성거리곤 했다.

'체리 맛있겠다. 오동통 검붉은 체리. 한입에 넣어서 톡 깨물면 체리 즙이 퍼지면서 진한 달콤함이 혀를 감싸겠지? 그렇게 몇 번 오물오물하다가 씨만 톡 뱉어내면… 아, 진짜 맛있겠다. 근데 체리는 호주에서도 왜 이렇게 비싼 거야? 이거 한 움큼이면 큼지막한 오렌지 20개는 살 수 있겠다. 그래도 먹고 싶은데. 조금만 살까? 하지만 양도 적은데 너무 비싸잖아. 아무래도 낭비 같아. 뭐 하러 이렇게 비싼 걸 먹어. 됐어, 그냥 오렌지나 먹지 뭐.'

장바구니를 들고 터덜터덜 집으로 돌아와 냉장고를

채워 넣고 나면 곧장 침대에 누워 휴대폰을 들여다보곤 했다. 당시 나의 주요 관심사는 한 여자의 SNS 사진과 프로필, 상태 메시지 등이었다. 늘 바쁘다며 날 혼자 두었던 남자친구는 어느 날 나 몰래 다른 여자를 만나다가 걸렸고, 그 일로 우리는 헤어졌다. 당시에는 인정하고 싶지 않았지만 나보다 날씬하고 부지런하며 자기 일을 좋아하는, 그가 딱 좋아하는 스타일의 여자였다.

이 시기 즈음에 엄마를 잠깐 호주에 모셔 왔다가 우연히 그 상대 여자를 마주친 적도 있었다. "저 여자가 그 여자야"라고 소곤거리는 나에게 엄마는 "바람날 만도 하네. 완전 날씬하고 매력 있게 생겼구만. 그에 비하면 너는 지금 곰이야, 곰. 살 빼! 너 내 딸 아닌 것 같아. 하나도 안 예뻐."라는 충격적인 팩폭을 날리기도 했다. 하지만 당시의 나는 그러한 사실을 도무지 받아들일 수가 없었다. 그래서 '딱히 나보다 잘난 것도 없는 여자에게 애인을 빼앗긴' 비련의 여주인공 역할에 오래 빠져 있어야 했다.

가끔은 친구들에게까지 그 여자의 사진을 보여 주기도 했는데, 가재는 아무래도 게 편이라 하나같이 "네가 더 나은데. 너 같은 여자를 두고 그 남자는 왜?"라는 반응을 보였다. 그런 말을 들으면 잠깐은 위안이 되는 듯했지만 이내 헤어 나올 수 없는 의문의 늪으로 또다시 빠져들어야만 했다.

'그러니까, 왜? 나보다 뭐가 더 나아서? 어디가 그렇게 잘났는데? 나보다 매력 있나? 새로운 여자라서 좋은 건가? 나랑은 많이 만나다 보니 질린 건가? 왜 나한테 거짓말하고 만날 정도로 호감을 가진 건데. 왜 그여자랑 데이트하고 싶었던 건데. 왜 선물 같은 걸 사준건데. 왜? 왜?! 왜!'

다른 여자가 좋아서 가겠다는 남자에게 딱히 미련이남은 것도 아니었는데 이상하게 그 여자를 견제하는것을 멈출 수가 없었다. 내가 좋아하는 남자를 빼앗겼다는 사실보다는 그녀가 나를 이겼다는 사실을 견딜수 없었던 것 같다. 어떠한 면에서든 그녀보다 내가 부족하고, 못난 존재라는 선고를 받은 것만 같아서.

하루는 습관처럼 SNS 스크롤을 내리다가 그대로 몸이 굳어 버렸다. 이러저러하여 결실을 맺으니 많은 축복을 부탁한다는 말로 마무리되는, 한국에 있을 때 사귀었던 한 남자의 결혼 소식을 발견한 탓이었다.

'그래, 결혼할 수도 있지 뭐. 나랑은 끝난 사이고, 나이도 어린 나이는 아니니까. 잘 맞는 여자 만났나 보네. 하, 그래도 그렇지, 나 다음에 만난 여자랑 바로 결혼을 할 줄은 몰랐는데.'

그의 결혼 소식에 내가 슬퍼해야 할 이유 같은 건 없었다. 서로 마음이 남아 있었다거나 미래를 기약했던 사이는 아니었으니까. 때문에 원망할 이유도 없었으며, 분노할 이유는 더더욱 없었다. 그럼에도 불구하고 들끓는 애석함, 그리고 비통함.

그가 이제 곧 무지개다리를 건너 디즈니랜드에 정착해 공주님과 해로하며 꿈같은 하루하루를 살아갈 참이라고 알려 주는 그 희망찬 소식. 그 짧은 글은 어떻게든 외면하고 싶어 꾹꾹 눌러 두었던 나의 현재 좌표를 다시 한 번 꺼내어 머릿속에 펼치도록 만들었다. 순간 세상의 모든 비참한 것들이 내 안으로 한꺼번에 쏟아져 들어오는 기분을 느꼈다.

모두가 둘씩 짝지어 손을 잡고 아름다운 엔딩을 맞이하는 가운데 나만 홀로 세상 가장 어둡고 차가운 곳에 초라하기 짝이 없는 행색을 한 채로 서 있는 기분. 그 너덜너덜한 기분…

오늘은 외로워할 기운도 서러워할 기력노 없다.

침대에 누워 있는 일을 그저 간신히 해내고 있다.

이쯤 되면 모든 게
다 내 탓인 것 같다

남자를 만나고 헤어지는 일에 크게 연연하지 않는다고 생각했지만, 연애를 끝낼 때마다 회의감이 드는 것은 어쩔 수가 없었다. 만남의 기간이나 사랑의 깊이에는 딱히 상관없이 누군가와 헤어질 때면 이렇게 평생 이별을 반복해야 할지도 모른다는 불안감과 지나간 이별의 잔상이 몰고 오는 피로감, 그리고 나에게는 서로만을 바라보며 편안하게 사랑할 단 한 사람이 나타나지 않을 것만 같다는 서러움 등이 한꺼번에 엄습했다. 그중 무엇보다도 나를 괴롭게 했던 것은 짧은 만남과 이별을 반복하는 동안 어느새 내 안 깊숙한 곳에 뿌리를 내린 자기 불신이었다.

'넌 어떻게 지긋이 한 사람을 만나는 법이 없니? 아니, 어떻게 누굴 만나도 3개월을 못 넘겨? 남들은 한 번 만났다 하면 최소 1~2년은 만나던데. 일하는 것도 끈기가 없더니 남자 만나는 것도 별반 다를 게 없어, 아주. 하긴 그 성격이 어디 가겠어. 남들은 그냥 참고 넘어가는 일도 좀처럼 눈감아 주는 법이 없고. 더럽게 고집 세고 자기주장만 강해서 그 성격으로 누굴 오래 만날 수 있겠어.

봐, 너랑 헤어진 남자들은 다른 여자 만나서 잘만 연애하고 결혼하고 맞춰 가면서 살잖아. 이게 결국 네가 문제라는 증거가 아니고 뭐겠어. 다른 여자들은 너 같지 않으니까 오래 연애도 하고 결혼도 하는 거야. 넌 틀렸어. 결국 아무도 너를 못 버텨내고 다 떠나고 말 거야. 넌 그냥 혼자 살 팔자인 거지 뭐. 그냥 평생 이렇게 혼자 살다가 혼자 늙어 죽어.'

나도 아프고 싶어서
아픈 게 아냐

———

항우울제는 엄마가 한국에서 처방을 받아 매달 국제 택배로 보내 주었다. 난 여전히 약의 효과에 대해 의문을 품고 있었지만, 그래도 혹시 모른다는 생각으로 약을 꾸준히 복용했다. 호주 생활 초반에는 불안 증세나 무기력이 강하게 나타나지 않았기 때문에 약이 어느 정도 효과가 있거나 현지 생활이 잘 맞는 것 같다는 생각을 했다. 하지만 그것도 잠깐, 어느 순간 또 상태가 악화되기 시작했다. 가만히 있다가도 툭하면 눈물이 흘렀다.

그런 나를 곁에서 많이 챙겨 주었던 나의 룸메이트는 모험심과 도전 정신, 체력과 끈기가 넘치는, 누가 봐도 강한 여자였다. 그녀를 보고 있으면 나와는 참 많이 다르다는 생각이 들었지만 그건 우리가 서로 다르게 태어났기 때문에 어쩔 수 없는 일이라고 받아들였다. 그러나 그녀의 생각은 나와 다른 모양이었다. 항상 무기력해 하고 자신도 없으며, 보호받기를 원하는 나에게 종종 일침을 날렸던 거다.

"내가 봤을 때 너는 스스로 뭔가를 해 봐야 돼. 자꾸 누구한테 기대려고 하지 말고."

당시에는 그녀의 말에 동의할 수가 없었다. 그게 그렇게 말처럼 되는 일도 아니고, 스스로 해낼 수 없는 사람도 있는 건데. 누군가에게 기대어 살아야만 하는 나 같은 사람도 있는 건데. 나는 그냥 이렇게 태어난 건데! 나처럼 태어나 보지도 않았으면서, 이렇게 약하고 아파 본 적 없으면서, 이런 내 마음이 얼마나 답답한지 헤아릴 수 없으면서 나에게 강해져라 조언하는 그녀가 야속했다.

"나도 약하고 싶어서 약한 건 아니야. 아프고 싶어서 아픈 것도 아니고. 근데 몸이 도저히 안 따라 주는 걸 어떡해. 나도 진짜 답답해."

울먹이는 나를 볼 때면 그녀는 더 이상 말을 잇지 않고 침묵했다. 그건 나에 대한 연민이나 이해 때문이라기보다는, 더 하고 싶은 말이 있으나 이쯤에서 말을 아끼는 편이 최선일지 모른다는 판단을 내렸기 때문인 것 같았다.

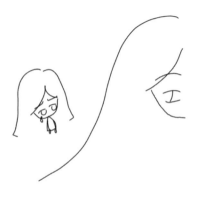

나를 보살펴 줄 사람들이
있는 곳으로

호주에서 1년을 조금 넘게 체류했을 즈음, 또다시 체력적 한계에 부딪혔다. 원래는 비자를 연장해서 조금 더 살아 볼 생각이었으나 아무래도 무리라는 생각이 들었다. 마지막에 일했던 곳에서는 배추 한 포기를 들어 올릴 힘이 없어 눈물이 나기도 했다. 처절하게 외로웠다. 당장이라도 나를 보살펴 줄 누군가가 있어야만 한다는 생각이 들었다.

"엄마, 나 돌아갈래."

일순간 모든 것을 접고 돌아가기로 한 나의 결정을 식구들은 하나같이 환영해 주었다. 그 길로 나는 뒤도 돌아보지 않고 짐을 쌌다. 집에서 5분 거리의 아름다운 항구와 불꽃놀이도, 10분만 차를 타고 가면 펼쳐지는 금빛 모래사장과 에메랄드빛 바다의 진풍경도, 볼 때마다 감탄을 자아냈던 오페라하우스의 위엄과 하버브리지의 경이로움도 내게는 더 이상 의미가 없었다. 세상 그 어떤 아름다운 곳이 나를 유혹하더라도 다시는 가족들과 떨어지고 싶지 않다는 생각만이 머릿속에 가득했다.

그렇게 올라탄 한국행 비행기 안, 곧 착륙한다는 기내 방송에 약간은 상기된 마음으로 창밖을 자꾸만 내다보았다.

'새로운 삶이 시작될까? 사랑하는 사람들이 모두 기다리는 이곳에서, 이전보다 조금은 더 빛나는 삶을 살게 될까?'

이제는
무엇을 해야 하나

호주에서 돌아와서는 한동안 주식을 공부했다. 체력
이 약해 제대로 된 직장 생활을 할 수가 없으니 어떻게
든 집에서 할 수 있는 일을 찾아야겠다는 생각이었다.
아무에게도 말하지 않고 혼자서 시범적으로 운용을
해 보겠다고 소액을 투자했는데, 주가가 떨어지기 시
작했다.

−3만 원, −7만 원, −9만 원

하루가 다르게 하락하는 주가를 보면서 며칠 동안 아
무것도 할 수가 없었다. 거대한 하락세 모양의 파란
기둥이 온몸을 짓누르는 듯한 압박감을 느꼈다. 자꾸
심장이 크게 뛰며 불안 증세가 강해졌다. 그러다가 넣
어 둔 금액이 −12만 원을 찍었을 때, 불안은 절정에
달했다.

'망했어, −12만 원이라니! 돈을 그냥 허공에 날려 버렸잖아? 어떻게 한순간에 그 돈을 다 잃을 수가 있지? 미쳤어, 내가 이럴 줄 알았어. 난 역시 제대로 할 줄 아는 게 하나도 없어. 체력이 약해서 출근을 못 하면 이런 거라도 해야 할 거 아니야. 이게 내 마지막 희망이라고 생각했는데. 모르겠어, 난 정말 아무것도 할 수 없을 거야. 고작 12만 원 때문에 세상이 끝난 것 같다는 말도 누구한테 할 수 있겠냐고. 어떻게 보면 아무것도 아닌 돈이잖아. 남들이 보면 별것도 아닐 걸 가지고 난 왜 이렇게 땅굴을 파고 있는 거야? 왜 이따위 생각에서 벗어나지 못하는 거냐고, 왜!'

그렇게 나는 또 몸져누웠고, 엄마에게는 몸살 기운이 있는 것 같다고 말했다.

화려한 상상,
넝마 같은 현실

친척들이 모인 자리에 나가는 일이 왠지 모르게 불편
했다. 더 이상 아무도 나의 취업 상태나 미래 계획에
대해서 묻지 않았음에도, 괜스레 혼자서 일말의 죄책
감을 느꼈던 것 같다.

특히, 나보다 한참 어린 사촌 동생들에게 어른들이 용
돈을 나눠 주는 모습을 볼 때면 숨이 턱턱 막히곤 했
다. 나도 나이가 어렸을 때에는 별생각이 없었지만, 이
제는 내 나이가 곧 서른이었다. 언니, 언니 하며 날 그
렇게 잘 따르는 병아리 같은 동생들에게 이 나이 먹도
록 용돈 한 푼 쥐여 줄 수 없는 처지라니. 가슴을 치고
싶었다.

'내가 조금만 더 능력이 있었으면. 내가 조금만 평범
했으면. 내가 조금만 덜 아프고 조금만 덜 약했으면.
돈을 조금만 더 벌었으면… 그럼 지금보다 당당한 모
습을 보일 수 있었을 텐데.'

그러한 생각들은 애써 떠올리기도 전에 무의식에서

재빠르게 흘러갔다. 그리고 생각의 빈자리는 자수성가하여 가족과 친지들 앞에서 마음껏 떵떵거리며 허세를 부리는 나의 모습으로 채워졌다. 상상 속의 나는 일가족이 모인 자리에서 식비를 계산하기도 하고, 동생들에게 5만 원짜리 지폐를 몇 장씩 쥐어 주기도 하는 쿨하고 멋진 사람이었다. 그러나 화려한 상상 끝의 출구 앞에는 넝마 같은 나의 현실이 마중 나와 서 있곤 했다.

'나는 그런 사람이어야 하는데.'

어느 순간부터는 피부로 느껴지는 고통이었다.

하루 종일 공기 중에 떠돌며 주변을 맴돌던 그것이

한순간 온몸으로 빨려 들어오면,

나는 더 이상 내가 아니다.

그것은 피처럼 돌며 삽시간에 영혼을 파먹는다.

신이 있다면 부르짖고 싶은 난, 무력하게 신음할 뿐.

그 누구에게도 들리지는 않을 것이다.

잠이
오지 않는다

———

불면이 시작됐다. 항상 과수면으로 고생을 했었는데 이제는 아예 잠에 들 수가 없었다. 두 달가량 제대로 잠을 못 자다 보니 너무 괴로워서 정신과 선생님께 말 씀드리고 잠을 유도하는 약을 처방받기도 했다. 하지 만 그마저도 소용이 없는 듯했다.

'약을 먹으면 뭐 해. 어차피 약발이 듣지도 않는 몸뚱 이. 다 소용없어. 오늘도 잠이 안 오겠지. 이렇게 계속 밤낮이 바뀐 채로 살아야 할 거야. 낮에 일어나서 해야 하는 일은 할 수가 없을 테고, 남들 다 일하는 낮에 나 는 한심하게 잠이나 처자겠지. 평생 이렇게 살아야 할 지도 몰라. 지긋지긋해. 우울증, 이놈은 나한테서 평생 떨어지질 않을 거야. 이렇게 불규칙적으로 찾아오는 불안과 불면을 어떻게 감당해야 할지 모르겠어. 정말 이지 모든 게 끝나 버렸으면 좋겠어.'

빛이 싫었다. 어둠은 차라리 익숙했지만, 어둠이 지나 고 나면 어찌할 바를 몰랐다. 밝은 세상에서는 내가 서 있을 곳이 없다고 느껴졌기 때문이다.

하루는 대낮에 집 근처에 잠깐 나갔다가 끔찍한 기분
이 들어 서둘러 집으로 발걸음을 돌린 적도 있었다. 햇
빛이 너무 밝아 눈은 곧 멀 것 같았고, 살갗은 녹아내
릴 것만 같았다.

선선한 가을의 어느 날이었다.

너는 밤마다 내 방 창틀에 내려앉는다.

그러면 나는 창을 닫지도, 먼지처럼 앉은 너를 닦지도,

잠에 들지도 못하고 밤을 지새운다.

"가라…"

해가 떠야 너는 사라지고

나는 그제야 이불을 뒤집어쓴다.

환자가 아닌
사람으로

아무래도 병원을 바꿔 보는 게 좋겠다는 생각이 들었다. 상태는 점점 악화되고 있는데 꾸준히 복용하고 있는 항우울제는 도무지 도움이 되는 것 같지가 않았기 때문이었다. 또한 원래 다니던 정신과 의사 선생님들께 약간의 벽을 느끼고 있기도 했다. 그들이 실제로 기계적이었는지, 단순히 내가 그렇게 느낀 건지는 모르겠다. 다만 그곳에 다니면서 단 한순간도 누군가가 나를 진정으로 치유해 주고 싶어 한다는 느낌을 받지 못했던 것은 사실이다.

집에서 도보로 얼마 떨어져 있지 않은 허름한 건물에 정신과 의원이 있었다. 밑져야 본전이라는 생각으로 일단 방문을 하기는 했는데, 내부 인테리어는 너절하고 풍기는 기운은 또 얼마나 스산한지… 지금이라도 나갈까, 몇 번이나 고민하다가 이름이 불려 결국 진료를 보게 되었다.

"원래 다니던 곳이 있었는데 약이 효과도 별로 없는

것 같고, 상담도 별 의미가 없어서 병원을 바꿔 보려고
왔어요."

세상 모든 것에 불신이 가득한 채로 찾아온 20대 후반
의 여성에게 의사 선생님께서는 그동안 어떤 증상들
이 있었는지, 어떤 생각들을 하며 살았는지를 차근차
근 말해 보라고 지시했다. 나는 나의 감정 기복에 대
해서, 그리고 나를 불안하게 만드는 것들에 대해서 쭉
이야기를 털어 놓기 시작했다. 이상하게 전에 다니던
병원에서보다 마음이 편해 멈춤 없이 이야기가 술술
나왔다. 선생님은 나의 이야기를 듣는 동안 한 번씩
차트에 무언가를 기록했다가 내 눈을 응시하기를 반
복했다.

그는 분명히 일을 하고 있었음에도 불구하고 일만 한
다는 느낌을 풍기지 않았으며, 오히려 나를 경청하고
있다는 느낌을 주었다. 단순히 '환자로서가' 아니라
'한 사람으로서' 관심을 받는 것 같았다. 내 이야기에
진정으로 관심을 보이는 친구를 만났을 때의 따뜻함
과 비슷한 것을 느꼈다고나 할까. 그날 이후로는 전에
다니던 병원을 찾은 적이 없다.

꽃길만 걷게 될까,
마음이 들뜨고

———

"우울증을 오래 앓았어. 감정 기복이 심하고 성격도
예민해. 체력도 약해서 일도 제대로 못 하고 많이 돌아
다니지도 못해. 가끔은 이런 나에게 연애도 사치라는
생각까지 들어."

연애를 시작하기 전, 상대방에게 우울증을 앓고 있다
는 사실을 먼저 이야기하는 편이었다. 이런 나라도 괜
찮다면 받아들이고, 감당이 되지 않을 것 같으면 지금
이라도 물러서라는 일종의 경고 차원이었다.

대부분의 남자는 나의 우울증에 크게 거부감을 보이
지 않았다. J 역시 그러했다. J는 내가 호주에서 돌아
온 뒤 두 번째로 만난 남자였는데, 외모, 능력, 매너
등 모든 면에서 내가 꿈꿔 왔던 이상형에 근접한 사람
이었다.

"힐 신으면 너 발 아프잖아. 난 너 힘든 거 싫어. 그냥
단화 신어~" "나 만날 때 안 꾸미고 편하게 나와도 돼.
막 추리닝 입고 나와도 예뻐." "난 너 일 못 하고 그런

거 상관없어. 내가 능력 있는데, 뭐. 내가 먹여 살리면 되지."

볼수록 다정했던 사람. 세심한 부분에서 배려해 주는 그의 매너에 빠져들지 않을 수가 없었다. 내가 꼭 예쁘고 화려하지 않아도 아프고 약한 내 모습까지 다 이해하고 안아 줄 사람처럼 느껴져 안심되기도 했다. 무엇보다도, 능력 있는 그에게서 "넌 아무것도 걱정하지 마."라는 말을 들을 때면 이제는 그만 고집을 내려놓고 나의 모든 것을 기대어도 좋을 사람을 만난 것이 아닐까 하는 기대가 생겼다. 그렇게 점차 마음의 빗장이 풀려갔다.

마음껏 J에게 의존하고 싶어졌다. 혼자서는 너무 약하고 여린 나를, 이제 그만 그의 보호 안에 살게 하고 싶었다. 이따금 결혼을 화두에 올리는 J에게 아직은 시기가 이른 것 같다고 말했지만 사실은 마음 한쪽이 설레었고, 그를 위해 집을 청소하고 빨래를 개는 상상을 하기도 했다.

그렇게, J와 사랑에 빠지는 데에는 오랜 시간이 걸리지 않았다.

너의 마음에 이제 그만 나를 앉히고 싶었다.

여기까지 오는 동안 참 길고 고단한 여정이었다고.

"주말에 놀러 가자. 내가 예약해 둘게. 이번 주 평일에
는 일이 좀 많아서 정신이 없긴 한데, 그것만 정리되고
나면 또 많이 놀아 줄게."

통화를 마치고 나서부터 J와 함께할 주말을 상상하느
라 다른 무엇도 통 손에 잡히지 않을 정도로 마음이 들
떴다. 신이 나서 그와의 여행 계획을 친구들에게 떠벌
리기도 했다.

'이제 모든 것이 잘 풀리려나? 완벽한 사람을 만났잖
아! 내가 이 사람을 만나려고 그동안 그렇게 숱한 이별
을 거치며 마음고생을 했는지도 몰라. 그래, 사람이 죽
으라는 법은 없다고 나한테도 결국 좋은 사람이 나타
날 운명이었던 거야. 꺅, 어떡해. 너무 좋아. 그렇게 멋
지고 능력 있고 매너 좋은 사람이 내 남자라니. 내 거
라니! 세상 다 가진 기분이야. 이제 내 인생도 활짝 필
거야. 드디어 고생 끝 행복 시작이야!'

또 한 번,
사랑 때문에

———

그런데 도대체 얼마나 일이 바빴던 걸까, 그에게서 하루 종일 연락이 올 기미가 보이지 않았다. 5시간이 지나고 7시간이 지났는데도 메시지 하나가 오지 않기에 얼마나 일이 많고 정신이 없으면 그럴까 싶어, 보채지 말고 기다리자는 마음으로 하루를 꼬박 기다렸다. 그런데 하루가 다 가도록 연락이 오지 않자 뾰로통한 마음이 고개를 쳐들기 시작했다.

'아니, 어떻게 이렇게 시간이 지나도록 연락 한 통이 없지? 아무리 바빠도 이건 좀 아니지 않나?

화를 내야 할지 아니면 걱정하는 투로 말을 해야 할지 채 판단이 서지 않은 상태로 J에게 전화를 걸었다. 그러나 기다리던 목소리 대신 "고객이 전화를 받을 수 없어…"로 시작되는 메시지가 흘러나왔다. 그제야 무언가가 잘못되었다는 생각이 들었지만, 여전히 무엇이 어떻게 잘못된 건지는 정확히 알 수가 없었다.

'뭐지, 왜 전화도 안 받지? 혹시 무슨 일이 생겼나? 연락 못 할 급한 사정이라도 생긴 거 아니야? 그렇지 않고서는 이틀 내내 연락이 없을 리가 없잖아. 이렇게 갑자기…'

머릿속이 혼란스러웠다. 이런저런 연애를 해 봤지만 만나던 사람이 갑자기 연락 두절되는 경우는 없었다. 혹시 원래 일이 바쁘면 며칠씩 연락을 못 하는 경우도 있는 건가 싶어서 포털 사이트에 '이틀씩 연락이 안 되는 사람'을 키워드로 검색을 해 보기도 했다. 그런 질문에는 대부분의 사람들이 '그만큼 좋아하지 않는 거예요'라는 답변을 내렸다.

하지만 그건 말도 안 되는 진단이었다. 그가 나를 얼마나 좋아했는지 나는 알고 있었으니까. 그가 나를 보던 눈빛, 나를 보던 표정, 나를 대하던 말투, 머리를 쓸어 넘기던 손짓, 그 모든 것들이 너무나도 선명한데 하루아침에 마음이 식어 연락을 끊는다는 게 가능할 리 만무했다.

'아니야. 내 발이 아플까 봐 힐도 못 신게 하던 남자였는데. 늘 공주님처럼 모시러 오고 모셔다 주던 사람이었는데. 어떻게든 시간을 내서 날 보러 오던 J였는데. 아니야. 그건 아닐 거야.'

그리고는 그의 음성이, 그와의 마지막 통화 내용이 머

릿속에서 맴돌기 시작했다.

"일이 좀 많아서 정신이 없긴 한데, 그것만 정리되고 나면 또 많이 놀아 줄게. 그것만 정리되고 나면 또 많이 놀아 줄게. 또 많이 놀아 줄게…"

'그래, 본인도 일이 바빠서 아쉬워했잖아. 나랑 꼭 시간 보내고 싶다고 했었잖아. 그러니까 다른 사람들 말처럼 좋아하지 않아서는 아닐 거야. 그럼 뭘까, 혹시 이 사람 성격이 좀 특이한가? 일에 빠져서 정신없으면 애인이고 뭐고 일만 파고드는 스타일인가? 휴대폰도 아예 확인을 안 할지도 모르지. 평소에 엄청 목표 지향적인 사람이었으니까 그럴 수도 있을 거야.'

어떻게든 그의 침묵에 정당성을 부여하고 있었지만, 마음속 깊은 곳에서는 사실 이해를 할 수가 없었다. 아무리 바쁘고 정신이 없어도 좋아하는 사람에게는 짬을 내서 연락하고 싶은 게 사람의 본능이라는 것을 나 또한 알고 있었기 때문에.

바빠서 연락 못 하는 거야? 1

연락이 두절된 지 이틀째 되는 날, 떨리는 손으로 카톡을 보냈다. 처음 하루는 바쁘다는 사람에게 괜히 보채는 느낌이 들까 봐 조심스러워서 메시지를 보내지 않았다면, 그 후로는 두려움 때문이었다. 그가 혹시 내 메시지를 읽지 않아 영영 1이 사라지지 않는다면? 혹은 1이 사라졌는데도 그에게서 아무런 대답이 돌아오지 않는다면? 그 어떤 경우라도 상처가 될 것 같았으나 가장 두려웠던 것은 후자의 경우였다. 1이 남아 있다면 그가 피치 못할 사정으로 휴대폰을 확인하지 못하고 있다고 추측할 수도 있겠지만, 1이 사라진 후의 침묵은 견뎌낼 자신이 없었다. 나는 그가 메시지를 읽었는지 너무도 궁금했고, 동시에 그것을 확인하는 게 두렵기도 해서 한동안 대화창을 열어 보지 못했다.

그렇게 반나절 정도를 고민하고 망설였을까. 더 이상은 미룰 수가 없다는 생각에 깊게 호흡을 들이마신 뒤 비장한 마음으로 그와의 대화창을 클릭했다.

바빠서 연락 못 하는 거야?

'왜⋯'

정신이 하나도 없었지만 최대한 평소처럼 말하고 평소처럼 행동했다. 그에게서 연락이 오지 않는다는 말은 누구에게도 할 수 없었다. 쪽팔려서. 그동안의 무수

한 만남이 결국 이별이 되기는 했지만, 아무리 그래도 이런 식으로 뜬금없이 비참하게 버려진 적은 없었기 때문이다.

'그 사람이 나쁜 거야' 혹은 '더 좋은 사람이 나타날 거야' 등의 뻔한 위로를 듣고 싶지도 않았다. 내가 그에게서 사랑받지 못해 버려진 못난 여자라는 사실만이 내가 알고 있는 진실이었으니까.

또한 이 나이 먹고 고작 남자 하나 때문에 힘들어하는 내가 싫었다. 겉으로는 강한 척을 했지만 사실 걷잡을 수 없이 초라한 나 자신이 싫었으며, 나를 작고 초라하게 만드는 것이 언제나 사랑이라는 사실이, 싫었다.

도무지 납득되지 않는 끝맺음으로 혼란스러운 와중 지켜내고 싶었던 일말의 자존심. 나는 입을 다물었다.

'괜찮아' 일상을 살다가 갑자기 멍해지거나

'별거 아니야' 시야가 흐려지며

'이별 한두 번 하나' 정신이 혼미해지고

'아무렇지도 않아' 불안한 순간들이 늘어 갔지만

그럴 때마다 더 깊이 마음을 눌러 가두기를 반복했다.

'괜찮아'

조울,
감정이 널뛰기 시작했다

———

감정 기복이 점점 심해져 갔다. 한없이 우울하고 무기력한 상태로 지내다가도 한순간 갑자기 세상이 밝아 보였다. 자신감이 넘쳐서 뭐든 해낼 수 있을 것만 같은 기분을 느낄 때면 넘치는 의욕에 이것저것 일을 벌였다. 그러다가 또 사소한 일로 기분이 다운되어 그대로 모든 것에서 손을 놓고 좌절감을 느끼기를 반복했다. 기분이 고조되거나 가라앉는 데에 영향을 미친 것은 딱히 큰 사건들이 아니었다. 그렇게 일상의 조각조각에서 감정의 흐름은 수시로, 그리고 제멋대로 바뀌곤 했다.

'감기 기운이 좀 나았나? 몸이 가볍네. 간만에 운동 좀 해 볼까? 한가로운 낮에 이렇게 햇볕도 쬐고 상쾌한 공기도 마시면서 걸으니까 좋다. 공원도 너무 예쁘고. 그래, 세상이 이렇게 아름다운데 우울하긴 왜 우울해. 다 털어 내고 긍정적으로 생각하자. 잘 생각해 보면 내 삶에도 썩 괜찮은 구석들이 있잖아. 외모도 이 정도면 나쁘지 않고 영어도 할 줄 알고 사교성도 좋고. 그래, 내가 못 할 게 뭐가 있어. 난 야무지고 똑 부러지니까 까짓것 맘만 먹으면 다 잘할 수 있을 거야. 나 같은 사람이 성공하지, 안 그럼 누가 성공하겠어? 다 잘 될 거야. 나는 잘났으니까!'

한 번 들뜨기 시작한 기분은 걷잡을 수 없이 치솟으면서 이상한 희열과 짜릿함을 느끼게 했다. 그건 일종의 자만심, 또는 우월감에 가까운 감정이었다. 그런 순간이면 자아도취에 빠져 내가 남들보다 가진 것이 많다는 생각에 어깨가 으쓱하기도 했고, 한편으로는 나보다 열악한 환경에서 지내고 있는 사람들의 처지와 내가 가진 조건들을 비교하면서 마음의 위안을 얻기도 했다.

'저렇게 힘든 사람들도 있는데, 이 정도 삶이면 감지덕지해야지.'

특히 TV 채널을 돌리다가 나로선 상상조차 할 수 없는 악조건 속에서 살아가는 사람들의 이야기를 접하게 되면 내가 참 엄살이 많은 사람이라는 자각이 들었다. 정신 차리고 힘내서 살아야겠다는 의욕이 드는 순간이었다.

그러나 문제는 다큐멘터리가 끝나고 나면 광고가 시

작된다는 점이었다. 광고 속에 등장하는 화려하고 아름다운 연예인들을 보고 있으면 갑자기 심장이 북을 치듯이 쿵쿵거리면서 그대로 몸이 경직되어 움직일 수 없을 때도 있었다.

'쟤는 얼굴 하나 제대로 예뻐서 저렇게 쉽게 돈 벌고 떵떵거리며 사네. 비싸고 좋은 건 다 누리면서 살겠지? 그에 비하면 나는 뭐야, 이렇게 어중간하게 태어나서 이것도 아니고 저것도 아니고. 돈도 못 벌고 구질구질하게 살고. J도 혹시 내가 너무 무능력하고 거추상스럽게 느껴져서 떠난 거 아니야? 내가 좀 더 예쁘고 잘났으면 떠나지 않았을 수도 있잖아. 이게 뭐야, 누구는 처음부터 다 가지고 태어나서 꽃길만 가는데 나는 이게 뭐냐고. 완전 예쁜 것도 아니고 완전 똑똑한 것도 아니고 집에 돈이 많은 것도 아니고, 뭐 하나 제대로 된 게 없잖아. 이렇게 어설프게 살기 싫어. 볼품 없어. 죽고 싶어.'

하루에도 몇 번씩 큰 폭으로 감정이 널을 뛰다 보니 이루 말할 수 없는 정신적 피로감이 쌓여갔다. 생각을 멈추고 싶어도 멈출 방법을 모르니, 그저 생각이란 놈이 천국과 지옥을 오르락내리락하는 것을 손 놓고 지켜봐야 할 뿐이었다.

조증 뒤에 울증은 어김없이 찾아온다.

온몸을 비틀어대며 울어 넘기는 이 밤의 숨통을 끊고 싶다.

'아까만 해도 기분이 좀 나아지는 것 같더니 왜 또 이
모양이야. 도대체 왜 그 상태에서 유지가 안 되는 거
야. 왜 이렇게 왔다 갔다 하는 거냐고. 이제 그만 나아
질 때도 됐잖아. 지긋지긋해. 너무 피곤해. 편해지고
싶어.'

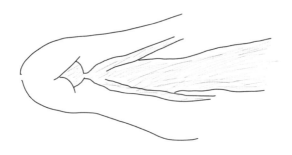

조울은 동해의 파도처럼

큰 파동으로 넘실댄다.

거친 숨을 쉬며 바위를 휘갈기지만

진정한 고통은 수면 아래 존재한다.

질식할 것 같은 어둠과

온몸을 짓누르는 고요

어느 순간 심연에 가닿으면

팔다리를 휘젓기를 포기해 버린다.

제가 많이
위태로운가요?

2주 만에 약을 타러 병원에 가서 차분히 증상을 얘기
했다.

"어떨 때는 기분이 너무 좋아요. 세상을 다 가진 것 같
고 힘도 나고 의욕도 넘치고, 뭐든지 할 수 있을 것 같
아서 병도 다 이겨낼 수 있을 것 같아요. 그땐 엄청 활
발해지고 말도 많아져요. 평소보다 많이 움직이고 이
런저런 활동을 하기도 하고요. 그러다가 갑자기 심장
이 빨리 뛰면서 불안해지거나 우울한 생각이 떠오르
면 밑도 끝도 없이 무기력해져서 아무것도 못 하는데,
이게 너무 잦은 빈도로 반복돼요. 한순간 모든 걸 끝내
버리고 싶다는 생각이 들어서, 그러다가 진짜로 제가
어떻게 돼 버릴까 봐 불안하기도 해요.
제가 이런 증상에 대해서 좀 찾아봤는데, 이건 우울증
보다는 조울 증세에 가깝다고 하더라고요. 우울증보
다 더 위험하다고도 하던데… 원래도 감정 기복이 심
했지만 이 정도까지는 아니었거든요."

내 말을 조용히 듣고 있던 의사 선생님은 손을 턱에 괴고 의자를 뒤로 젖히며 탄식에 가까운 한 마디를 뱉어냈다.

"아, 걱정되네요."

가족과 지인들이 걱정하는 말을 들었을 때와는 다른 느낌. 내가 얼마나 심각하고 위태로운 상태인지를 인증받은 것 같아 얕은 불안감에 손가락 끝을 만지작거렸다. 하지만 한편으로는 이상하게 속이 후련했다. 나의 위태로움을 있는 그대로 직시해 줄 누군가가 필요했던 걸까.

나는 그 의사 선생님이 마음에 들었다.

극심한 우울증 환자의 삶이란 '아직 죽지 못한 상태의 지속'일 뿐이다. 그들은 사방이 막힌 삶 속에 깊게 정체되어 있다. 아직은 죽을 용기가 부족하다는 이유로 숨이 붙어 있으나 갈 곳이 없다.

그 자리에 가만히 서서 시간과 중력을 맞으며 늙어 간다.

누구보다 빠르고, 고통스럽게.

먹는 게
귀찮아졌다

어느 순간부터 내게 음식은 그저 살기 위해서 입에 넣어야 하는 귀찮은 영양소 덩어리에 불과했다. 세상에서 음식을 먹는 게 제일 쓸모없고 시간 아까운 일이라고 느껴졌다. 호주에서 퉁퉁 불었던 체구가 다시 왜소해진 대신에, 줄어든 지방만큼 기력을 잃었다. 엄마가 부엌에 밥을 차려 놓으면 느릿느릿 기어나가 종잇장 같은 몸뚱이를 겨우 의자에 앉히고 숟가락을 들었다. 어찌나 음식을 깨작거렸는지 엄마는 "세상에 너처럼 음식 맛없게 먹는 사람도 없을 거다."라며 혀를 내둘렀다.

"먹기 귀찮아. 왜 먹고살아야 되는지 모르겠어. 안 먹을 수 있었으면 좋겠어."

짜증 섞인 투정을 자꾸 부리게 됐다. 엄마는 그래도 섭생이 가장 중요하다며, 먹어야 뭐라도 할 거 아니냐고 한숨을 푹푹 내쉬었다.

더 이상

사람이고 싶지 않다는 생각이 드는 날

선풍기를 틀고 창문을 연다

불을 끈다

눕는다

마음이 고요하다

눈물이 난다

닦지 않고 둔다

편해지고 싶다

마음 하나 잃을 때마다
바늘로 뜨기는 기분

———

무리 중 몇몇 친구들이 나를 썩 달가워하지 않는다는 느낌이 들어 신경을 많이 쓰게 됐다. 나는 그들이 어떤 부분에서 내게 기분이 상했는지를 도무지 종잡을 수가 없었다. 하지만 기분이 상한 데에는 분명 내 책임이 있으려니 싶어 여러 번 사과하기도 했다.

그러던 어느 하루는 또다시 심드렁해진 친구 S의 태도에 초조해져서 발을 구르고 있다가 무리 안의 또 다른 친구에게 이야기를 전해 들었다. 내가 한 어떤 행동이 S의 심기를 거슬렀다는 것이다. 이야기를 듣고 나서도 솔직히 왜 그 행동이 S가 기분 나쁠 일인지 이해가 가지 않았다. 억울하기도 하고 답답하기도 해서 엄마에게 자초지종을 설명하고 내가 친구의 기분을 상하게 할 만한 일을 한 건지 물었다. 그러자 엄마는 뭐 그딴 걸 친구라고 됐냐고 역정을 내며 나에게는 잘못이 없다고 했다.

'그래, 나는 잘못한 게 없어. 그게 왜 화가 날 일이야?

걔가 이상한 거지.'

그렇게 마음을 잡아 보려고 계속 이를 악물어도 심장이 근질거리며 신경이 쓰였다. 잘잘못을 떠나서 S가 나에게 화가 나 있다는 사실 자체를 견딜 수 없었기 때문이다.

'S가 그때 그 일로 기분이 상해 있다는 얘기를 들었어. 그냥 내가 먼저 S한테 미안했다고, 좀 더 신경 쓰고 조심하겠다고 하는 게 낫겠지?'

혼자서 며칠을 끙끙 앓다가 무리 중 가장 친한 친구 한 명에게 의견을 물었다. 그때 돌아온 대답은, 그동안 내가 악착같이 유지해 온 친구 관계에 대해 처음으로 많은 생각이 들게 했다.

"아라야, 나는 솔직히 애들이 왜 자꾸 별거 아닌 걸로 너에 대해서 안 좋게 이야기하는지 잘 모르겠어. 내가 봤을 때 그건 네가 잘못한 일이 아닌데. 그리고 그때마다 네가 먼저 찾아다니면서 사과하는 것도 나는 속상해."

어떻게 나한테
이럴 수 있어

> 그땐 정말 피치 못할 사정이 있어서 연락을 못 했어.
> 미안해. 꼭 다시 만나고 싶어.

J에게서 연락이 왔다. 두 달 만이었다. 조금은 얼떨떨
하고 어이가 없기도 했지만 그를 다시 볼 수 있다는 생
각에 마음이 설레었다. 구차한 변명이라 해도 그의 이
야기를 직접 들어 보고 싶기도 했다. 비참하게 버려진
후에도, 난 여전히 그가 궁금했으니까.

다시 만난 J는 여전히 훤칠하고 멋진 나의 이상형이었
다. 그의 앞에서는 도도한 표정을 유지했지만, 사실은
이 남자를 다시 가질 수 있다는 생각에 한껏 들떠 있었
다. 그는 두 달 전 상황에 대해 집안에 중대한 일이 있
어 차마 연락하기 힘들었다며, 그렇게 한순간 연락을
끊어야만 했던 자신도 너무 힘들었노라 말했다.

의문점들이 여전히 남아 있었지만 나는 그에 대해 시
시콜콜 따지기보다는 내게 돌아오기로 한 결정에 초

점을 맞추기로 했다. '한 번 나를 떠나 크게 후회하고 돌아왔으니 다시는 그런 일이 없겠지' 라는 순진한 생각이었다.

그런 J가 나를 두 번 떠나기까지는 채 2주도 걸리지 않았다. 당시 기침이 멈추지 않아 고생 중이던 나를 걱정하던 그는, 폐렴 진단을 받고 혼자서 입원 수속을 밟고 있다는 내 연락에 더 이상 답하지 않았다.

설마 했던 하늘이 두 번 무너졌다는 사실을 온몸으로 깨달았을 때, 나는 산소 호흡기를 달고도 제대로 숨조차 쉴 수 없는 고통스러운 상태였다. 8인실 병실 가장 안쪽 자리 침대에 옆으로 쪼그리고 누워 숨을 헐떡거리다가 가래를 뱉어 내기를 밤새 반복했다.

> 어떻게 이럴 수가 있어? 그렇게 잘하겠다면서 빌어 놓고 어떻게 또 이렇게 말도 없이 사라져? 이럴 거면 돌아오지나 말든가. 왜 사람 두 번 죽여. 당신이 그러고도 인간이야? 나한테 도대체 왜 이래. 내가 뭘 그렇게 잘못했다고.

새벽녘 병실 안에서 악에 받쳐 울며 쓴 메시지는 다음 날 오후 경 읽은 것으로 확인이 되었다. 그러나 그에게서는 어떠한 대답도 들을 수 없으리라는 사실을, 나도 이제는 알고 있었다. 이를 악물고 그를 차단하고 번호

를 지우면서도 부들거리며 떨리는 심장을 어떻게 가
눠야 좋을지 몰랐다.

 '한 남자한테 두 번이나 버림받는 병신 같은 년. 내가
얼마나 우스웠으면 이렇게 가지고 놀다가 버렸겠어.
그러게 돌아왔을 때 왜 받아 줘서는. 한 번 갔던 놈 또
이렇게 갈 수 있다는 걸 왜 몰랐냐고, 등신같이. 정말
사람이 어떻게 이럴 수 있지? 어떻게 똑같은 방식으로
사람을 두 번 무너뜨려. 너무 잔인하잖아. 원래 이런
남자들도 많은 건가? 이제 어떻게 사람을 믿고 만나야
하지? 도대체 누구를 믿어야 해.'

믿지도 않는 신을 원망도 했다가
있지도 않을 신을 믿어도 봤으나
하늘은 내 울음을 듣는 법이 없었다.
이번 생엔
종교로의 귀의란
있을 수 없을 것 같다.

더 이상
추락할 곳이 없었다

———

전처럼 '우울해, 죽고 싶어'라는 생각을 직접적으로 하지 않는데도 왠지 내가 금방이라도 어떻게 될 것만 같은 기분에 사로잡힐 때가 많았다. 이상했다. 나는 분명 죽고 싶지 않은데, 살아 있고 싶은데 뇌는 혼자서 다른 생각을 하고 있는 것 같았다. 그러다 어느 순간 놈이 "지금이야"라고 명령을 내리기라도 하면 그대로 실행에 옮길 것이 분명했다. 목구멍까지 죽음이 차오른 기분에 소름이 끼쳤다. 이번엔 진짜구나 싶어서.

샤워를 하는데 갑자기 수압이 줄고
물줄기가 점점 약해지기 시작했다.
물줄기가 힘을 잃어 가는 모습이 마치
생명력을 다해 가는 내 모습을 연상시켜
끔찍한 기분이 들었다.

집을 뛰쳐나가야 했다.

어느 하루, 엄마는 멍하니 젓가락으로 밥알을 깨작거리고 있던 내 앞에 앉아 냉정한 목소리로 말했다.

"너 그렇게 사는 게 힘들면 그냥 죽어. 정 고통스러워서 못 살겠다 싶으면 그렇게 해. 너 계속 이러는 거 보니까, 나도 이제 너한테 더 살라고 못 하겠다. 속 터져서 너 이러고 사는 꼴 더는 못 보겠어."

나를 지켜보는 일이 얼마나 힘들었으면 엄마가 그런 소릴 했을까. 내가 여러 사람에게 못 할 짓을 하고 있구나 생각은 했지만 여전히, 몸이 움직여지지 않았다. 자다가 일어나 대충 끼니를 챙기고 쌓여 있는 설거지 더미 앞에 가 섰다. 고무장갑을 꼈고 수세미에 세제를 짜서 거품을 냈으며 그릇을 씻기 시작했다. 그다음으로 내가 기억하는 장면은, 물이 뚝뚝 흐르는 고무장갑을 낀 채로 싱크대 앞에 주저앉아 울고 있는 내 모습이었다.

나는 더 이상 추락할 곳이 없었다.

'힘들다, 지친다, 피곤하다' 등의 부정적인 감정 그 자체보다도 '편안해지고 싶다'는 욕구가 강하게 들면 위험한 거다. 고통이 그만큼 크고 견딜 수 없다는 뜻이기 때문이다. 이제 그만 편해지고 싶다는 생각이 강해지면 사람은,

포기한다.

삶을, 사랑을,

애써 노력해야 하는 그 모든 것들을.

PART. 2 뛰다

새로 시작하자,
늦었다고 말하기에는 너무 이르다

죽을 수 없는 이유는 너무 많고,
이대로는 계속 살 수가 없기에 나는 변하기로 했다.

이번 생에 저를 굳이 살게 하신 데에는 그만한 이유가 있
으셨겠죠. 삶에 딱히 미련일랑 없었던 저를 말입니다. 제
게 주어진 사명이 하나쯤은 있으리라 믿습니다. 찾아서
명확히 볼 수 있게 해 주세요. 목표 없이 떠다니는 종이
배 같은 삶을, 이제는 청산할 수 있게 해 주세요. 나태함
이 몸에 덕지덕지 달라붙는 까닭도, 나름의 이유가 있으
신 건지 여쭙습니다.
당신을 구태여 부르지 않는 순간에도 곁에 있어 주세요.

아이야,
내 안에 있던 작은 아이야

〰〰

'이렇게 죽을 순 없어. 살아야 해. 방법을 찾아야 해.'
썩은 동아줄이라도 잡겠다는 심정으로 서점을 향해
달려가기 시작했다. 어쩌면 책 속에 답이 있을지도 모
른다는 생각이 들었기 때문이다.

나는 알아야 했다. 나에 대해서 내가 모르고 있는 것과
잘못 알고 있는 것이 무엇인지. 내가 어쩌다 이렇게 불
안하고 쉽게 무너지는 사람이 되었는지. 내 생각이 어
디서부터 어떻게 뒤틀린 건지, 그 근원을 알고 싶었다.
왜냐하면, 나는 날 때부터 약하고 불안한 사람은 아니
었기 때문이다. 이렇게 사람들 눈치를 많이 보거나 휘
둘리는 스타일도 아니었고, 남자 하나에 천국과 지옥
을 오가지도 않았었다. 오히려 어릴 때는 너무 제멋대
로에 고집이 세고 이기적이며 자기밖에 모른다는 소
리를 들었는데…

그랬던 내가 도대체 왜 이렇게 된 걸까? 왜 이렇게 좋
은 사람이 되고 싶어 안달하고 버림받을까 봐 늘 불안

해하게 된 걸까? 심리학 코너에 있는 책들을 뒤지며 나와 비슷한 증상에 관한 내용은 모조리 읽기 시작했다. 그동안은 내가 비전형적인 고통에 시달리고 있다고만 생각했는데, 책 속에 정의된 내용을 보니 나는 딱히 특수한 케이스가 아닌 것 같았다. 난 그저 자존감이 낮은 사람들의 여러 가지 유형 중 몇 가지 특성을 가졌을 뿐이었다. 아, 자존감. 자존감이라는 단어는 생소하고 낯설었다.

'그래서 내가 왜, 어쩌다가 자존감이 낮은 사람이 된 거지?

나는 시간을 과거로 되돌리며 기억을 헤집기 시작했다. 성격에 영향을 미칠 만큼 크게 상처나 충격을 받았던 사건이 있었는지를, 있었다면 언제였는지를 찾아내기 위해서였다.

고등학교 3년 내내 사귀다가 졸업을 앞두고 헤어졌던 첫 남자친구와의 이별에 생각이 미치기까지는 여러 날이 걸렸다. 무려 10년 전의 일이었으며, 그를 까맣게 잊고 살았기 때문에 나에게 더 이상 아무런 영향이 없는 일이라고만 생각했던 것이다.

'초라해, 모든 걸 되돌리고 싶어, 내가 어떻게 망가지는지 지켜봐.'

그와의 이별을 기점으로 생각하니 모든 퍼즐이 들어 맞았다. 버림받는 것에 익숙지 않았던 공주님이 맞이한 첫 시련. 그 무게를 감당하지 못하고 폭삭 주저앉아 버린 모래성. 나는 그때 그렇게 주저앉은 채로 10년을 살아왔던 거다. 또 누군가가 나를 떠날까 전전긍긍하며, 지나는 사람마다 옷자락을 붙들면서.

'그래, 그때 큰 충격을 받긴 했지. 부모님한테도 친구들에게도 남자친구에게도 예쁨만 받으면서 살았고 평생 그렇게 살 줄 알았는데, 갑자기 버림을 받으니까 너무 혼란스러웠던 거야. 처음이었고 뭘 몰랐기 때문에 더더욱. 그래, 그랬구나.'

나는 첫 이별이 휩쓸고 간 후의 발자취를 천천히 따라 걸으며 아프고 외로웠던 시절의 나를 가만히, 그리고 따뜻하게 바라보았다. 그러는 동안 가장 가슴이 아팠던 것은 내 기준에 미치지 못하는, 잘나지 않은 내 모습을 인정하기가 싫어 외면하거나 싸늘하게 비난하는 말을 습관적으로 던지곤 했던 순간들이 떠올랐을 때였다.

난 아무것도 못 할 거야, 한심해, 쓸모없어, 난 결국 이것밖에 안 돼, 왜 이렇게 태어나서, 남들도 이 정도는 참아, 남자한테 버림이나 받는 못난 년

아…

나는 말문이 막혀 두 손으로 입을 틀어막았다. 객관적
으로 들여다보니 그동안 내가 스스로에게 던졌던 말
들이 얼마나 잔인하고 날카로웠는지를 실감할 수 있
었다.

그리고 느끼게 되었다. 내 가슴속 한구석에 움츠리고
앉아 두려움에 떨고 있는 작은 아이가 있다는 것을.

'세상에, 내가 도대체 너한테 무슨 짓을 했던 거지? 네
가 거기 있는 줄도 몰랐어. 대체 너한테 무슨 소리를
했던 거야. 얼마나 괴로웠을까. 너한텐 나밖에 없는데,
내가 널 모른 척했어. 내가 널 무시했어! 얼마나 외로
웠을까. 얼마나 서러웠을까.'

나는 왼쪽 가슴 위에 두 손을 포개어 얹고 억 소리를
내며 통곡하기 시작했다.

"미안해"
가슴속 아이에게 말할 때마다
"미안해"
마치 심장이 찢어지는 듯이 뜨겁게 아파 왔지만
"미안해"
다 울고 나서는 신기하게도 새사람이 된 것처럼 마음
이 개운해졌다.

그와의 이별은 나의 자아를 휩쓸었고, 그것을 통째로
집어삼켰다. 무너진 모래성처럼 처참한 꼴로 남겨진
나의 자존감은 너무도 오랜 시간을 그 자리에 쓰러져
있었다.
그러나 이제 더 이상 피해자를 자처하며 무너져 있지
않기로, 자존감을 재건하기로 한다. 그리고 이번에는
풍파에 쉬이 무너지지 않도록 더 강한 자재로 그것을
쌓아 올리려 한다.
새로 시작하자. 늦었다고 말하기에는 너무 이르다.

완벽하지 않아도
괜찮아

—〜〳〜—

"넌 예쁘고 똑똑해. 넌 사랑스럽고 대단한 사람이야."
거울을 보며 그렇게 자기 최면을 걸었던 때가 있었다.
그렇게 하면 잠깐은 자신감이 생기고 긍정적인 효과
를 볼 수 있었다. 그러나 막상 역경이 닥쳤을 때, 그런
식의 자기 위로는 날뛰는 불안감을 효과적으로 잠재
우지 못했다.

그래서 방법을 바꾸기로 했다. 날 억지로 대단한 사람
인 척 포장하는 대신에 쿵쾅대는 심장 위에 손을 얹고
이렇게 말하기 시작했다.

"지금 불안하구나. 괜찮아. 모든 것에 완벽하지 않아
도 돼. 너에게 조금 부족한 점이 있더라도, 그래도 괜
찮아. 너를 있는 그대로 사랑해 주는 사람들이 있고,
누구보다 내가 너를 사랑해. 네가 괜찮아지도록 도와
줄게."

신기하게도 그렇게 말하고 나면 미칠 듯 뛰던 심장과
불안이 가라앉았고, 그제야 잠을 잘 수 있었다.

나는 지금까지 스스로에게 늘 완벽을 강요하고 있었구나. 부족해도 괜찮은 거라고 말해 주지 않아서 내 안의 아이가 많이 외롭고 아팠던 거구나.
너무 미안하고 안쓰러운 마음이 들었다.

꼭
건강해질게요

몇 해 전에 읽었던 책을 다시 들춰 봤는데 전혀 새로운
내용의 책을 읽는 듯한 느낌을 받았다. 그때도 이 책은
분명 같은 내용을 담고 있었을 텐데 왜 이렇게까지 큰
깨달음을 얻지 못했을까. 곰곰이 생각에 잠겼다가 답
을 찾았다. 책이 변할 리는 없으니 내가 변한 거다. 그
때그때 내 마음가짐에 따라서 같은 글도 다르게 읽히
는구나, 그런 사실을 깨달은 순간이었다.

그때부터는 책 속의 내용을 어떻게 하면 최대한으로
흡수할 수 있을지 고민에 잠겼다. 지식과 지혜를 전부
내 것으로 만들고 싶었다. 줄을 긋고 동그라미를 치고
필사를 하다가, 나중에는 힘이 되는 구절들을 A4용지
에 큼지막하게 써서 방 안의 온 곳에 붙여 두었다. 엄
마는 내 방을 들여다보고는 지저분하다며 좀 떼 버리
라고 했지만 나는 물러서지 않았다. 아침에 눈 떠서 읽
고, 머리를 말리면서도 읽고, 외출 전에도 한 번씩 벽
에 붙은 글귀들을 읽으며 나를 각성시켰다.

다른 건 아무것도 안 하면서 책만 사다가 읽어 대는 나를 지켜보는 게 엄마 입장에선 답답하기도 했을 것이다. 하루는 그런 엄마에게서 "책 좀 그만 사서 읽어. 돈도 못 벌면서…"라는 소리를 듣기도 했다. 그땐 잠깐 마음이 욱신거렸지만, 거기서 물러설 수는 없었다.

'엄마, 지금은 답답해 보이겠지만 조금만 기다려. 나 꼭 나을게. 나 꼭 건강해져서 반드시 보답할게. 나 꼭 해낼게.'

무엇이 나를 발전시킬까, 무엇이 나를 더 성장하게 할까, 어떻게 하면 최고의 방법으로 나를 동기부여할 수 있을까, 그런 것들을 고민하기 시작했다.

오늘 죽을까, 내일 죽을까를 고민하는 대신에.

그러니 지금 하나도 괜찮지 않아도,
괜찮다

—〜〜—

우울증에 걸렸을 때 내가 주로 듣고 싶어 했던 이야기들은 다음과 같다.

"쉬고 싶으면 쉬어." "무리해서 움직이지 마." "힘들면 운동도 가지 마. 하지만 건강은 중요해. 먹는 건 잘 먹어야 해." "잠 오면 더 자. 괜찮아, 또 자." "돈 걱정은 하지 마. 떵떵거리진 못해도 어떻게든 살 수 있어." "스트레스 받아? 그럼 그거 하지 마." "너한테 그렇게 한다고? 그럼 그 사람이랑은 만나지 마." "너는 이상한 게 아니야. 그냥 아픈 거야."

그런 말들을 들으면 좋았다. 하지만 그런 말을 자꾸만 듣고 싶어 하는 스스로가 썩 자랑스럽지는 않았다. 너무 많은 투정을 부리는 것 같아서, 어린아이처럼 구는 것 같아서, 삶에 대해 무책임한 주제에 면죄부를 받고 싶어 하는 것 같아서 스스로를 한심하다고 질책하지 않는 일이 힘들었다.

그리고 한참의 시간이 지난 후에야 알게 된 사실. 내가 가장 어둡고 약하여 무너져 있을 때 사랑하는 사람들에게서 듣고 싶었던 것은, '삶을 무책임하게 살아도 괜찮다'는 말이 아니었다. 다만 나라는 사람이 억지로, 무언가를 위해서, 혹은 누구를 위해서, 무엇인 척, 어떠한 척하며 살아서는 안 된다는 것. 나에게는 언제나 덜 고통스러운 방향을 선택할 권리가 있음을 깨닫고 싶었던 거였다.

우울증 극복에 있어서는 믿음이 가장 중요하다고 한다. 무엇을 믿느냐가 아니라 믿음 그 자체 말이다.

어두운 새벽, 공포가 기어코 장을 넘어 또 기어들어 올 것을 알지만 그것이 언제까지고 머무르지는 않을 것이라는 믿음. 이 고비를 넘기면 결국엔 다시 숨을 쉴 수 있는 시간도 찾아올 것이라는 믿음. 이렇게 당신과 함께 아프고, 그런 당신을 위해 기도하는 사람이 있다는 믿음.

마음이 무너지고 부서져서 공기 중으로 흩어져 버리고 싶은 순간이 있을 거다. 괜찮다. 당신의 삶만이, 당신의 하루만이, 당신만이 그런 것이 아니다. 자꾸만 흐려지고 흩어지려는 나를 붙잡고 설득하는 일은 겉으로 보이지 않을 뿐, 우리 모두에게 일어나고 있는 일.

그러니 지금 하나도 괜찮지 않아도, 괜찮다.

내 사랑에는
죄가 없다

〰〰

"그런 일이 있었어. 나 완전 비참했어. 한 놈한테 두 번이나 잠수 이별을 당하다니. 쪽팔려서 죽고 싶었지 뭐야. 진짜 살다 살다 별걸 다 당해 본다."

나는 J와 있었던 일들을 친구들에게 털어놓았다. 자존 심이 상해서 차마 인정하기 싫었던 사실과 속으로만 꾹꾹 눌러 왔던 감정을 있는 그대로 받아들이고 인정 하기로 마음먹은 거다. 그래야만 내가 앞으로 나아갈 수 있을 것 같았다.

애써 괜찮다고, 아무렇지도 않다고 말하며 고통을 삼 키던 날은 뒤로하고 나는 결국 그가 나에게 상처였음 을 가슴 깊이 받아들였다.

'그래, 그건 상처였어. 아, 나는 너무 큰 상처를 받았어.' 그렇게 인정하자 가슴이 뜨겁게 욱신거리는 느낌이 들면서 울컥 눈물이 차올랐다.

나는 그가 나를 한순간도 진심으로 사랑한 적이 없다 는 사실 또한 받아들였다. 그리고는 지금까지 그걸 왜 그렇게 인정하기가 어려웠을까 곰곰이 생각해 봤다. '나는 언제나 사랑받는 사람이어야 한다'는 믿음이 가슴 한구석에 자리 잡고 있었기 때문인 것 같았다. 그 믿음을 바꾸지 않으면 나는 누군가에게 거부당하거나 버림받을 때마다 절망에 빠질 게 분명했다.

'모든 사람이 너를 사랑할 수는 없어. 너도 한 번씩은 거부당하고 버림도 받게 될 거야. 하지만 그건 그가 너를 사랑하지 않는다는 뜻이지, 세상 모두가 너를 거부한다는 뜻이 아니니까 괜찮아. 널 예뻐하는 사람이 더 많다는 거, 너도 알잖아.'

그 사람이 너를 계속 사랑해야 할 의무 같은 건 없어.
네가 언제나 사랑받는 사람이어야 한다는 전제도 없지.
이 두 가지를 받아들이고 나면 많이 편해질 거야.

가슴속 작은 아이에게 그렇게 말한 뒤 나는 더 이상 그를 향한 나의 사랑을 부끄러워하거나 비난하지 않기로 했다. 따지고 보면 잘못은 그놈에게 있지, 내 사랑엔 죄가 없으니까. 내 사랑은 여전히 숭고하니까.

또한 앞으로는 이별 좀 했다고 모든 것에서 손을 놓고 자빠져 있지 않기로 했다. 생각해 보니 남자가 떠났다고 식음을 전폐하고 드러눕거나 폭식을 해서 몸을 망가뜨리는 일 등은 나한테 득 되는 게 쥐뿔도 없었다. 하여 이제는 그 어떤 순간에도 나를 위해 좋은 것, 도움이 되는 것을 하기로 마음먹었다.

'더 이상 아무것도 못 하는 상태로 나약하게 쓰러져 있지 않을 거야. 밥도 잘 먹고 운동도 빠짐없이 갈 거야. 울어도 매트 위에서 울자. 그 어떤 남자가 떠나도 넌 계속 예쁘게 살아. 더 좋은 남자가 나타나지 않아도 괜찮아. 혼자서도 멋지게 살 수 있게 해 줄게. 항상 아름답도록 내가 가꿔 줄게. 내가 돌봐 줄게. 나는 너 포기 안 해.'

이제, 사랑은 사랑에서 끝내기로. 사랑의 끝을 절망으로 이어가지는 않기로. 사랑이 끝나면 끝난 사랑을 가슴 한편에 두고, 절뚝거리더라도 걸음을 내딛기로.
세상 모든 남자가 떠난다고 해도 너는 그저 너이기를 멈추어서는 안 돼.

내 식으로,
내 보폭으로

~~~~~

글을 쓰기 시작했다. 사실 어릴 때부터 글쓰기를 좋아
했었다. 엄마 말로는 내가 유치원 때부터 하도 책만 읽
어서 왜냐고 이유를 물어보니 그 조그만 것이 당차게
이런 소리를 했단다.

"엄마, 두고 봐. 난 꼭 작가가 될 거야."

그런데 어른이 된 후로는 내가 글쓰기를 좋아했다는
사실을 잊고 살았다. 머리가 크면서 주변의 잡음이 들
리기 시작했으니.

"글 써서는 돈을 못 벌어. 그걸로는 먹고살기 힘들어."

또한 글 잘 쓰는 사람이 원체 많다 보니 그 안에서 경
쟁해서 살아남을 자신도 없었다. 필력이 좋은 사람들
과 스스로를 비교하면서 자꾸 기가 죽었다.

'저 정도는 돼야 작가가 될 수 있겠지. 나 같은 게 무
슨, 나 정도로는 어림도 없지.'

그래서 시작할 엄두를 내지 못했었지만 이제는 남들
처럼, 남들만큼 하려는 생각을 버리고 그냥 내가 할 수

있는 만큼을 하자고 다짐했다. 큰돈을 벌지 못해도, 성공하지 못해도 상관없었다. 깊은 우울증을 겪으면서 느꼈던 것들이 있으니 '내가 쓰는 글로 한두 사람 정도는 공감하고 위로를 받을 수 있겠지' 라는 생각으로 솔직한 감정을 담은 일기나 짤막한 글을 써서 인스타그램에 업로드하기 시작했다. 그런데 사람들이 내 글을 보고 공감이 된다거나 위로를 받는다며 피드백을 전해 오기 시작했다. 그럴 때면 내가 누군가에게 도움이 될 수 있다는 사실이, 내가 이 세상 어딘가에 쓰이고 있다는 사실이 심장을 뜨겁게 했다.

'나, 완전히 쓸모없는 사람은 아니었구나.'

자신 있는 글은 못 써도 소신 있는 글을 써 보자.

화려하게는 못 살아도 당당하게는 살아 보자.

최고의 나는 되지 못해도 최선의 나로서 살자.

네 곁에 항상
내가 있어 줄게

—〜-〜—

글을 쓰기 시작하면서부터 혼자 있는 시간이 좋아졌다. 카톡이 왔는지 확인하기 위해 수시로 휴대폰을 켰다 껐다 하는 일도 줄었고, 나만 빼고 친구들이 삼삼오오 모이지는 않을까 하는 초조함에 촉각을 곤두세우지도 않게 됐다. 애인이 생겨도 그가 나와 놀아 주기만을 기다리는 것이 아니라, 애인이 바쁜 시간엔 글을 쓰거나 책을 읽으며 내 할 일을 했다.

그럼에도 눈물이 멈추지 않는 날이 찾아오곤 했지만 더 이상 외로움에 지고 싶지는 않았다. 눈물이 차오르면 바로 고개를 젖히고 심장에 두 손을 포개어 얹었다. '괜찮아. 내가 있잖아. 누군가에게 기댈 수 없는 날, 기대고 싶지 않은 순간에도 내가 네 옆에 있어. 당분간은 나랑 있자. 우리끼리 있자.'

그렇게 말하고 나면 거짓말처럼 마음이 편안해졌다. 스스로 위로하는 법을 몰라서 늘 다독거려 줄 누군가를 필요로 했나 보다.

타인에 대한 의존은 종종 스스로를 비굴하게 만들어
야만 하는 상황에 빠뜨린다. 내가 기대는 만큼 누군가
가 나를 온전히 케어해 주면 얼마나 편하고 좋겠냐만,
내가 기대면 그의 등과 어깨도 그만큼 무거워지는 거
니까. 결국 내 무게를 감당할 사람은 나밖에 없다.
내 삶이 아무리 어둡고 아파져도 날 버리지 않을 사람,
나부터 그런 사람이 되어야 한다.

쫓아다니며
사랑하지 않기로

~~^~^~~

혼자서 끄적끄적 썼던 글들을 책으로 엮어 인터넷 출판사에서 출간한 적이 있다. 부족한 점이 많았지만 그래도 나의 첫 책이었다. 2~3년씩 연락이 없던 지인들도 어떻게 알고 먼저 축하 인사를 건네 왔는데, 가장가까운 친구라는 사람들이 어쩜 짠 듯이 입을 다물었다. 늘 나를 눈치 보게 만들고 의기소침하게 했던 그무리였다.

화가 났다. 사람에, 우정에, 언젠간 알아주겠지 하며 진심을 걸고 기다렸던 모든 것들에 그만 염증이 났다. '그래, 내가 애써 노력해도 그들에게 좋은 친구가 될수 없는 거라면 보내 주자.'

그 길로 눈 딱 감고 십년지기 친구들을 정리했다. 이런저런 말 없이 조용히 돌아섰는데, 그쪽에서는 단 한 번도 연락이 오지 않았다. 지금도 이를 생각하면 그저 허탈한 웃음이 난다. 나는 그동안 짝사랑을 했던 건지. 한때는 소중했던 인연을 그렇게 잘라 내며 결심했다.

나의 노력과 정성에 적절히 답해 주는 사람이 아니라면, 나 역시 더 이상 사랑하지 않기로.

인간관계를 유지하기 위해 부단히 노력했던 날들이 떠오른다. 특히 친구들에게 애를 썼다. 애를 쓰니 피곤해졌고, 피로가 쌓이다 보니 진이 빠졌다. 기운이 없으니 위축됐고 위축되니 눈치를 보게 됐다. 눈치를 보다 보면 마음의 안정을 얻고 싶어졌고, 나를 안심시키기 위한 증거를 매 순간 찾아야 했다. '그들이 여전히 너를 신경 쓰고 있어'라는 증거를.

증거가 없는 순간엔 불안해졌고, 불안하면 아무것도 하지 못했으며 아무것도 하지 못하니 나는 자꾸 한심한 사람이 되어갔다. 딱히 내세울 게 없는 나는 그나마 있는 친구라도 잘 지켜야 한다는 생각이 강해졌다. 그래서 밥 먹듯이 "내가 더 잘할게"라고 했다. 특히 내 결혼식에 와 줄 사람은 그래도 친구들뿐이라는 생각이 들 때 더욱 초조해졌다.

그러나 이제는 친구 관계를 위해 애쓰지 않는다. 그저 할 도리를 한다. '친구가 없어서 텅 빈 결혼식을 올려야 한다면 그렇게 하지 뭐.'라고 마음먹고 나니 딱히 두려울 게 없다. 내 마음을 괴롭게 하는 사람들을 쳐내기 시작하면서부터는 피부도 깨끗이 나았다.

이렇듯, 내 삶이 편해지기 시작한 건 좌우명을 '잃지 않게 노력하자'에서 '잃게 되어도 별수 있나'로 바꾼 후부터였다.

'왜 나를 좋아해 주지 않을까'

'왜 나를 초대하지 않는 걸까'

'왜 나의 진심을 알아주지 않을까'

의문 짓게 만드는 이들은 좋은 친구가 아니란다.

'내가 왜 이렇게 눈치를 봐야 하지?'

'내가 왜 구질구질 매달려야 해?'

'내가 왜 불안하고 휘청거려야 하지?'

너를 아프게 하는 것에 분개하고, 자리를 털고 일어나라.

친구 좀 없다고 죽지 않아.

우리,
그냥 혼자 살자

─◡◠◡─

사람을 알아서 잘 챙기는 사려 깊은 사람이 되고 싶어
서, 먼저 관심을 보이고 먼저 연락하고 먼저 사소한 것
들을 챙겼었다. 그렇게 '쫓아다니며' 사람을 좋아하는
동안의 나는 서운함과 서러움이 많았던 것 같다.

어느 순간부터는 사람에게 먼저 관심을 보이지 않게
됐다. 때문에 내게 서운함을 표하는 사람들이 생기기
도 한다. 특히 가족들에게는 이기적이다, 못됐다는 소
리를 듣기도 하지만, 대신에 내가 누군가에게 서운해
지는 법은 잘 없다. 그래, 어찌 보면 이기적인 마인드
일 수도 있다. 하지만 솔직히 나 살기에는 편하다.

그렇다고 또 마냥 이기적인 사람이 되고 싶지는 않아
서 나의 인간관계 목표를 '보답을 잘하는 사람이 되는
것'으로 정해 두었다. 내가 먼저 챙기고 연락하고 신
경 쓰지는 못할지도 모르지만, 나를 먼저 생각해 주는
사람들에게는 최선의 보답을 하겠다는 다짐이다. 받
은 것을 잘 갚기만 해도 충분히 건강한 인간관계를 누

릴 수 있음을 이제는 알기에.

"혼자 살자"

이보다 나를 강화시키는 말은 없었다. 끝내 내 것이었으면 했던 사랑을 잃어도, 쉽게 오해하고 감정 상하는 우정에 회의가 몰아쳐도, 경계 없이 내미는 손을 또 잡았다가 결국은 실망뿐이더라도 "그냥 혼자 살자, 아라야." 그 말을 하고 나면, 평온해졌다.

그렇다고 내가 정말 외톨이가 되었는가 하면 그건 또 아니다. 다만 스치고 지나가는 인연마다 칼날같이 베여 쓰라려하는 일이 줄어들었을 뿐.

결국은 혼자서 걸어가는 나의 길에 이런저런 사람들을 마주치게 되면 웃으며 차 한잔하고 또 그렇게 보내주는 게, 인생인 것을. 그렇게 생각하지 않고서야 더는 견뎌낼 수 없었던 시간들을 이미 앓았으니.

우리 그냥 혼자 살자.

저한테 이런 식으로
하지 마세요

"이건 아닌 것 같은데요." "그건 좀 어렵겠습니다."
확실하게 선을 긋는 말을 하지 못하는 편이었다. 너무
차갑다고 느낄까 봐, 냉정해 보일까 봐, 성격 좋은 사
람으로 느껴지지 않을까 봐, 나랑 친하게 지내고 싶지
않을까 봐, 내게서 멀어질까 봐. 그러나 할 말을 하고
산다고 해서 친구가 줄어드는 것은 아니었다. 나를 우
습게 여기는 사람이 줄어들 뿐.

내게 조금이라도 비아냥거리거나 공격성을 띠는 말을
뱉는 사람은 단박에 잘라 버리기 시작했다. 본인은 단
지 '솔직하게 말했을 뿐'이라고 생각할지 모르겠지만,
어떤 말들은 머리와 가슴에 남아 지속적으로 폭력을
가하기 때문이다. 나를 때리는 사람을 곁에 두고 그것
도 인간관계라며 유지 보수할 수는 없지 않은가.

말이란 본디 '아' 다르고 '어' 다른 법인데, 이미 입에
서 나온 후에는 되돌릴 수도 없다. 내게 실수하는 사람
을 가차 없이 끊어 내면서 속으로는 이렇게 생각한다.

'당신은 말을 뱉기 전에 신중했어야 했다. 이렇듯 당신과의 관계에 내가 좀처럼 미련이 없는 경우에는 더더욱.'

너를 함부로 대하는 곳에서 고개를 숙이지 마라. 어차피 알아주지 않는다.
너를 인정해 주는 사람 앞에서는 고개를 숙여라.
네 가치를 알아주는 사람들에게는 자신을 더 낮추어 겸허해지고, 그들과 친구가 되어라.
그렇지 않은 나머지는, 버려도 좋다.

"따님이 그렇게
약한 사람이 아닙니다."

—✓〰—

하루는 엄마와 함께 용하다는 한의원에 진료를 보러 갔다. 엄마는 의사 선생님께 "저희 딸이 몸이 약해서 맨날 쓰러져 잠만 자고 일도 제대로 못 해요."라며 진료를 부탁드렸다. 그때 의사 선생님께서는 내 맥을 살짝 짚어 보시더니 옅은 미소를 지으며 이렇게 대답하셨다.

"아뇨, 어머님. 따님이 그렇게 약한 사람이 아닙니다." 따님이 그렇게 약한 사람이 아닙니다. 그렇게 약한 사람이 아닙니다. 약한 사람이 아닙니다…

선생님의 그 한마디는 내 안 깊숙이 잠들어 있던 무언가를 꿈틀거리게 했다.

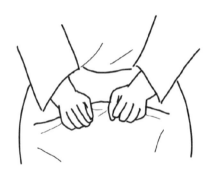

'나, 어쩌면 그렇게 약한 사람이 아닐지도 몰라.'
알 수 없는 뜨거움이 단전부터 차오르는 것 같았다. 그 시점부터는 가족에게도 애인에게노 의존하지 않고 뭐든 혼자서 해내 보자고 다짐을 했다. 더 이상 이런저런 핑계를 갖다 붙이며 나약한 내 모습을 합리화하고 싶지 않았다. 서러워하며 자빠져 있는 것은 상황을 오히려 악화시키거나 나아지지 못하게 할 뿐, 딱히 나한테 해 주는 게 없다는 것을 깨달았기 때문이다. 그렇게 나는 내 안의 서러움과 싸우기 시작했다. '그럼에도 불구하고 무엇이든 하겠다고' 말하면서.

과거도 핑계고 두려움도 핑계다.
핑계를 짓밟고 앞으로 나아가자.
두렵고 빡쳐도 할 건 하면서.

네 안에
힘이 있단다

—〰〰—

매트 위에서 푸시업을 하다가 지쳐서 쉬고 싶은 마음이 들 때면 '내가 아니면 나를 지키지 못한다'는 생각으로 이 악물고 남은 세트를 마무리하기도 했다.

그렇게 운동을 오가던 어느 저녁, 횡단보도 앞에 서서 신호가 떨어지기를 기다리다가 물끄러미 하늘을 올려다 본 순간 마음이 울컥하며 뜨거워졌다. 혼자서는 자신이 없어 어디든 누구든 자주 마음을 기대고 의존했다가 무너지곤 했던 지난날이 한 번에 스쳐 지나갔기 때문이었다. 그날, 밤하늘이 내게 꼭 이렇게 대답하는 것만 같았다.

"딸아, 네가 하거라. 네 안에 힘이 있단다."

내가 약하고, 힘없고, 부서지기 쉬운 상태라고 느껴지는 순간들. 그때 떠오르는 생각의 끝머리에 붙이면 좋은 한 마디가 있다.

'안 죽어'

'이걸 먹으면 또 아프겠지? 나는 소화를 잘 못 시키니까. 약하게 태어났으니 조심해야지.' 라고 생각했던 나는 이제 "먹어도 안 죽어. 먹어서 밀어 내면 돼."라면서 먹고 싶은 음식을 다 먹는다. 전처럼 체하는 일도 없다.

'또 감기야. 몸이 쑤셔. 죽을 것 같아, 눕고 싶어' 라는 생각이 들면 "몸살 좀 났다고 안 죽어. 할 일 똑바로 해."라고 하면서 남은 일을 마저 한다. 그러다 살 만하면 운동까지 간다.

이별이 오면 '그가 떠나다니, 인생이 끝난 것 같아. 어떻게 살아야 할지 모르겠어.' 라고 생각하는 대신에 "이별 좀 했다고 안 죽어. 네가 몇 번의 이별을 견뎌 왔는지 몰라서 이래? 엄살 부리지 마."라며 독기를 유지한다. 덕분에 전보다는 이별을 빨리 극복하게 됐다.

이처럼 생각 끝에 붙이는 '안 죽어'의 기능은 사실 내가 생각만큼 그렇게 약하지 않다는 사실을 인지하게 해 주는 것이다. '맞아, 나 그렇게 약하기만 한 사람이 아니야.' 라는 것을 인지하고 나면 이상한 힘과 의지가 솟으면서 실제로 역경을 이겨내게 된다.

나의 힘은 내 단전 아래에 숨어 있다. 나는 그것을 부르기만 하면 된다.

휘청거리는 두 발로
일어서다

~~~~

건강하게 사는 법

1. 남에게 기대하지 않을 것
2. 남에게 기대지 않을 것

힘들거나 흔들릴 때, 누군가의 든든함과 묵직함에 기대고 싶은 욕구가 들 때마다 내 영혼에 뺨따귀를 날린다.

'사람한테 기대지 마. 특히 남자한테 의지하지 마.'

의지하면 생각난다. 생각하다 보면 좋아진다. 좋아하면 필요해진다. 필요해지면 그가 없는 나는 약해진다. 그 결말이 끔찍해서 이제는 시작하지 않는다.

그렇게 혼자서 뭐든 하다 보면 또 할 만하다. 혼자 일어나 걷고 뛰는 내가 좋다. 이런 나를 포기할 생각이 없다.

항우울제를 끊겠다는 나의 말에 엄마는 불안해했다.

"너 그나마 약 때문에 좀 나아진 걸 수도 있는데, 지금

괜히 끊었다가 다시 악화되면…"

엄마의 불안도 이해가 됐지만 나는 마음을 바꿀 생각이 없었다. 이미 결단을 내렸기 때문이다.

더 이상 병을 탓하며 나태해지지 않기로. 의존하고 싶은 마음을 모두 버리기로. 휘청거리더라도 혼자 서 보기로. 더 이상 나를 포기하지 않기로.

그 후로 나는 약 없이 건강하게 잘 살고 있다.

걸었다. 내 안에서 부풀어 오르는 감정을 느끼면서.

아주 익숙한 느낌이었다.

그대로 두면 또 나를 잡아 삼키고 내 안을 채우고

나인 척 행세를 하겠지.

주먹을 쥐고 계속 걸었다.

'나는 너의 주인이다, 난 너를 이긴다,

너는 나를 점령할 수 없다.'

필사적으로 감정을 밀어냈고,

저녁쯤에는 다시 웃을 수 있었다.

아픔을 막을 순 없지만,
아픔을 다룰 순 있어

━〜〜━

내가 자신이 없는 분야에서 이미 나보다 능통한 사람을 보면 머릿속이 산만해진다. 겉으로는 웃고 있지만 심장이 쿵쾅거리기도 하고, 걱정이 나를 삽시간에 점령해 버린다. 완벽주의를 내려놓지 못한 탓도 있고, 남들보다 뭐든 잘하고 싶다는 쓸데없는 오기와 자존심 탓도 있다. 그럴 땐 내 머릿속을 새하얗게 만드는 그 상대방을 보면서, 나를 다독인다.

'네가 저 사람을 이길 필요는 없어'

그렇게 말하고 나면 하얘졌던 머릿속에 다시 내 생각들이 돌아온다. '저 사람보다 내가 못하면 어쩌지? 저 사람처럼 되려면 나는 멀었는데.' 라는 생각에서 빠져나와 '나는 이 부분을 이렇게 하고 싶어. 내가 이 부분을 개선하고 신경 쓰면 조금 더 나아질 수도 있을 것 같아.' 등 나에게 초점을 맞춘 생각을 다시 할 수 있다. 나에 대한 집중력을 잃고 흐트러졌을 때 빠르게 다시 초점을 맞추려면, 우선 상대방을 적으로 생각해서는 안 된다는 것을 알게 됐다. 적이라고 생각하면 자꾸 밖을 살피게 되니까. 내가 이겨내야 하는 것들은 언제나 내 안에 있는데 말이다.

우울할 때 나는 역경이, 모든 불행과 고난들이 나를 피해 가기를 바랐다. 하지만 나에게 할당된 역경은 또 언제라도 나를 조준해 정확한 속도와 강도로 명중시킬 것임을 이제는 안다.

그래서 지금은 내가 '역경을 잘 이겨내는 사람'이었으면 한다. 역경을 피하는 것은 내 소관 밖이지만, 역경을 다루는 것에 한해서는 분명 내가 할 수 있는 일이 있다. 예를 들어, 심장이 뛰고 불안해지는 순간들이 또 다시 찾아올 때는 부정적인 감정에 너무 크게 동요하지 않도록 연습을 하기 시작했다. 예전에는 '뭐지? 왜 또? 괜찮아졌다고 생각했는데… 역시 나아지지 않는 건가? 어떡하지? 도대체 왜 나는 나아질 수 없는 거야!' 라고 발버둥 치느라 땅굴을 더 깊게 파고들었다면, 이제는 '또 시작이군. 하지만 괜찮아지겠지. 매번 그랬잖아. 우울함에 반응해 주지 말자.' 라고 생각하며 그 모든 감정이 지나가기까지 그저 나를 내버려 둔다.

그렇게 하면 마치 소용돌이에 휩싸이듯 불안에 휘말렸던 이전과는 달리, 마음을 잔잔하게 잠재울 수 있다.

진정으로 원하는 것을
포기하지 않을 용기

─╲╱╲─

나는 내가 한 경험과 생각들을 거르지 않고 글로 써서 사람들과 공유하기 시작했다. 그중에는 다사다난했던 지난 연애사는 물론이고, 개인적이고 은밀한 경험과 그에 관한 직설적인 견해, 그리고 성적인 농담도 많았기 때문에 엄마는 처음에 약간 민망하고 멋쩍다는 입장을 취했었다. 한 마디로 내가 쓰는 글이 부끄러웠던 거다.

"너 그런 글 쓰다가 시집 못 가면 어떻게 하려고 그래~ 세상에 어떤 시부모가 그렇게 과거까지 오픈하고 이 얘기 저 얘기 다 하는 며느리를 좋아하겠어. 나는 엄마로서 좀 걱정된다."

엄마의 현실적인 두려움을 직시한 그 순간, 나는 다시 한 번 내 안의 나와 정면으로 마주해야 했다. 나는 잠시 숨을 고르며 내가 좋아하는 것, 하고 싶은 것, 말하고 싶은 것과 쓰고 싶은 것, 세상에 알리고 싶은 것, 전하고 싶은 것, 잘 해낼 자신이 있는 것, 지키고 싶은 것, 끝끝내 포기하고 싶지 않은 것들에 대해 생각했다. 또한 그를 위해 내가 기꺼이 포기할 수 있는 것이 무엇인지에 대해서도 고민을 했는데, 이 모든 것을 정리해 결론을 내리기까지는 그리 긴 시간이 걸리지 않았다.

"엄마, 그럼 나 결혼 안 할래. 그냥 글 쓰면서 살래. 이게 나야. 이런 글을 쓰는 게 난데, 이런 나를 못 받아들이겠다는 사람들에게는 굳이 맞추며 살고 싶지 않아. 그리고 내 미래에 확실히 존재할지 장담할 수도 없는 시부모님 눈치를 미리 보느라 내가 하고 싶은 것도 못 하고 몸 사리면서 살아야 해? 그게 사는 거야? 나 이제 그렇게 안 살아. 차라리 하고 싶은 거 하면서 혼자 살게. 내 능력껏 손 안 벌리고 알아서 살게."

나를 의심하고 싶어지는 순간들이 있다.

나의 선택을, 나의 길을, 내 삶의 방향과 속도를. 나의 의지와 나의 가능성을.

그럴 때 내가 날 버리고 도망가지 않기 위해서, 여전히 내 안에 남아 있기 위해서 더 큰 용기와 다짐이 필요하다.

즐겁게 사는 것으로
효도하겠습니다

—⌒⌒—

효도에 대한 생각도 많이 바뀌었다. 남들처럼 좋은 직장에 들어가 남들만큼 돈을 벌고, 어느 정도 남들에게 과시할 수 있는 삶을 살아야만 자랑스러운 딸이 될 수 있으리라 생각했었다. 하지만 나는 그 과정에서 오히려 엄마를 고통스럽게 했다. 좋은 딸이 되고 싶어 발버둥을 치며 살았지만 결과적으로는 딱히 남는 게 없었음을 깨닫고 난 뒤, 나는 기준을 바꾸었다.

내가 즐거운 것이 효도다. 내가 고통스럽지 않은 것이 효도다.

그 후로는 더 이상 효도를 일차적 목표로 두지 않는다. 엄마에게 용돈 드리는 삶을 위해 수입이 괜찮은 곳에 취업하기보다는, 학원에서 파트타임으로 짧게 근무하고 나머지 시간에 글을 쓰거나 운동을 하며 오로지 나를 위한, 내가 고통스럽지 않기 위한 순간들을 산다. 그 과정에서 성공하여 부를 축적할 수 없다면 그 또한 어쩔 수 없는 일이라 생각한다.

어머니, 제가 좋아하는 일이 돈이 되지 않는다면 지지리 궁상으로 살겠습니다. 돈 못 벌어 시집갈 밑천을 마련하지 못한다면 결혼을 하지 않겠습니다. 집구석 곰팡이가 될지언정 나를 할퀴는 인연을 친구로 삼지 않겠습니다. 존경스럽지 못한 남자를 참고 살아야 하니 차라리 혼자 살겠습니다.

어머니, 제 남은 인생 남에게 폐 끼치지 않는 선에서 제멋대로 살다가 가겠습니다.

조금씩
나를 고쳐 가자

—〜〜—

"그때 너한테 그렇게 했던 친구들, 지금은 어떻게 지내고 있을까?"

가끔 엄마와 옛 친구들 이야기를 할 때가 있다. 처음에는 마냥 원망했지만 시간이 많이 지나고 보니 그때는 미처 신경 쓰지 못했던 부분들에 대해서도 생각을 하게 되었다.

"글쎄. 근데 엄마, 그전까지는 나는 아무런 잘못이 없는데 친구들한테 이유 없이 미움을 받았다고만 생각했었거든? 그 관계에 있어 내가 유일한 피해자라고 말이야. 그런데 요즘은 생각이 좀 바뀌었어. 그런 말이 있더라고. 사람은 누구나 자기보다 멋진 사람과 사귀고 싶어 하지, 못나고 한심한 사람과 사귀고 싶어 하지 않는다고. 맞는 말이잖아. 그런데 나는 그때 누구보다도 약하고 나태하고 한심했어. 딱히 엄청나게 힘든 일도 없는 애가 세상 고통은 혼자 다 짊어진 듯이 매번 칭얼대고 우울해했으니."

"지쳤을 수도 있겠네."

"그렇지. 친구들은 나보다 더 힘든 상황에서도 핑계 대지 않고 묵묵히 살았어. 그 애들 눈에 나는 아무것도 못 하겠다고 하면서 보살핌만 바라는 철없는 공주님이었을 거야. 답답했겠지. 그렇게 10년을 지켜봤으니. 아무튼 나는 더 이상 피해자 코스프레 안 하기로 했어. 모든 관계는 서로 주고받는 게 있는 거니까. 나도 잘못한 게 있고, 어리석었어."

엄마는 많은 것이 이해된다는 표정으로 고개를 여러 번 끄덕였다.

지나간 관계를 되돌릴 순 없지만 앞으로 어떻게 살아갈지는 내가 결정할 수 있다. 나는 지난 내 모습에 배어 있던 잘못된 습관이나 마음에 들지 않았던 부분들을 조금씩 고쳐 나가기로 다짐했다.

사람은 '자신이 어떤 행동을 했을 때 없어 보이는지'에 대한 자각이 없으면 계속 같은 실수를 반복한다. 그래서 '없어 보이는 행동'을 하려는 스스로에게 의식적으로 제약을 걸어 주는 과정이 필요했다. 나는 내가 고쳐야 할 점들을 리스트로 만들어 두고 그 행동을 하고 싶을 때마다 속으로 '없어 보이는 짓 하지 말자'라고 말하기 시작했는데, 그 리스트는 다음과 같다.

1. 당장의 수익과 성취에 연연하는 것

이는 나를 조급하고 불안하게 만들어 내가 하는 일의 질과 효율성을 떨어뜨리는 멍청한 짓에 불과했다. 그래서 당장의 수익이나 결과에 연연하려는 마음이 들 때마다 '없어 보이게 왜 이래?' 라고 되뇌며 마음을 다잡는다.

2. 주변의 일들을 나에 대한 존중의 문제로 취급하는 것

모두에게 일어나는 일에는 각자의 사정이 있기 마련이다. 그러나 나는 거의 모든 문제들을 나에 대한 존중의 문제로 취급함으로써 혼자 분해하고 상처받기 일쑤였다. 이제는 다소 실망스러운 일이 생기더라도 '나름의 이유가 있겠지. 내 위주로 해석하면서 나대지 말자.' 라고 생각하며 넘긴다.

3. 충동적으로 히스테리 부리는 것

기분이 안 좋을 때 주변 사람들에게 히스테리를 부리는 것은 가장 쉽고 간편한 해소 방법처럼 느껴졌으나, 결코 현명한 방법은 아니었다. 부정적인 감정을 조절하지 못해 주변인들에게 괜한 성질을 부리는 일 자체를 '어른스럽지 못한 일, 없어 보이는 짓' 으로 인식하고 나니 한 번 더 마음을 다스리게 되었다. 그런 상황이 오면 이제는 '너 지금 이 사람들한테 화나는 거 아니야. 그냥 네가 지금 힘들어서 그런 거야.' 라고 다독인다.

4. 내 칭찬에 너무 신나거나 들떠서 말이 많아지는 것

내 위주로 대화가 흘러가고, 나에 대한 미담이 쏟아지면 신이 났다. 그래서 더 듣고 싶었고 더 말하고 싶어졌는데, 그러다 보면 목소리가 커지고 톤이 올라가는 등 흥분 상태를 보이기도 했다. 이런 모습에 무게감이 하나도 없다는 걸 느끼고 나서부터는 '없어 보이게 네 얘기에 너무 흥분하지 마. 칭찬에 너무 들뜨지 마. 침착해.' 라고 속으로 얘기했다. 그렇게 하니 흥분해서 말을 많이 하게 되는 일도, 칭찬을 더 듣고 싶어서 촐랑거리는 일도 줄어들었다.

이렇듯, 문제점을 느낀 적은 있지만 딱히 고쳐지지는 않았던 습관이나 언행에 대해 스스로에게 "이건 없어 보이는 짓이야. 하지 말자." 딱 한 마디를 건네면 개선하는 데에 도움이 된다. 조금 더 나은 사람이 되고 싶은 본능이, 우리에게는 있으니까.

나를 나아지게 해 준 3가지 마음가짐

1. 나는 피해자가 아니다.

2. 상황이 아무리 안 좋아 보일지라도, 그 안에서 내가 바꿀 수 있는 것이 분명히 있다.

3. 방법을 찾자.

지치고 힘들지만
나아가는 이유

~~~

여전히 영어 학원에서 일을 하고 있다. 하루는 한 초등학생에게서 "영어는 어려워서 싫어요."라는 말을 듣고 잠시 생각에 잠겼다. 나는 진도를 더 나가기 전에 아이에게 뭔가 말을 해 주고 싶었다.

"그거 알아? 어려운 걸 좋아하는 사람은 없어. 그리고 영어는 선생님한테도 어렵다? 이것 봐, 쌤이 외우고 있는 단어인데 엄청 어렵게 생겼지? 이거 잘 안 외워져서 고생 중이야. 근데 선생님은 어려운데도 왜 하는 줄 알아? 지금 어려운 걸 해 두면 나중에 내가 하고 싶은 것들을 선택할 수 있기 때문이야. 지금 어렵다고 하지 않으면 나중에 내가 뭘 할지 선택하기가 힘들어져. 선생님은 네가 선택할 수 있는 사람이 되었으면 좋겠어.

또, 우리 처음 봤을 때 너 영어 한 줄도 읽기 힘들어했잖아. 그런데 지금 봐, 쌤이랑 영어로 대화도 하고 있어. 그때에 비하면 많이 늘었지? 선생님은 사실 네 나이 때 영어 하나도 몰랐는데. 대학교 가서야 시작했거든. 그러니까 너는 그때의 나보다 훨씬 더 잘하고 있는 거야. 이렇게 꾸준히 하다 보면 언젠가는 선생님만큼도 하게 될 거야."

"Someday…(언젠가는)" 아이는 작게 중얼거리더니 미소와 함께 고개를 끄덕였다.

신이 아닌
나의 마음에 기도를

〰〰

종교는 없지만 기도의 힘을 믿게 되었다. 여러 책에서 기도의 힘에 대해 언급하는 것을 봤을 때는 반신반의 했지만, 한 번 시도해 보고 실제로 효과를 봤기 때문이다. 나는 특정 신을 향해서가 아니라 '제 곁에 누구라도 있다면 들어 주세요.' 라는 마음으로 기도를 올린다. 사실 꼭 누가 듣지 않아도 상관은 없다. 내가 듣는 게 중요하니까.

우울증을 벗어나기 위해 발버둥 치던 초반에는 가끔 침대 위에 엎드려 손을 모으고 울면서 간청을 했다. '더 이상 흔들리지 않도록 잡아 주세요. 다시는 예전처럼 나약하게 살지 않도록 용기를 주세요. 그 끔찍한 곳으로 돌아가지 않을 수 있게 해 주세요.'

그렇게 간절하게 기도를 올린 다음 날이면 힘이 솟구치면서 평소보다 더 부지런히 많은 일들을 해낼 수 있었다.

'제가 쓰는 글이 다른 이들에게도 위로가 될 수 있게

해 주세요. 지금 그들이 있는 그곳이 얼마나 고통스러
운지, 제가 너무나 잘 알고 있습니다. 제 마음이 조금
편안해졌듯 다른 사람들도 조금이나마 더 나아질 수
있도록 도울 수 있게 해 주세요. 혼자서 잘 먹고 잘 살
생각하지 않겠습니다. 아팠던 날들을 절대 잊지 않겠
습니다. 항상 돕고 살겠습니다. 저를 쓰세요.'

글을 쓰기 시작하면서는 종종 이런 기도를 올렸다. 기
도를 마치면 발끝부터 뜨거운 무언가가 차올라 심장
까지 가득 채우는 느낌이 들곤 했는데, 그것은 내가
지치지 않고 글을 쓸 수 있는 원동력이 되었다.

그리고 이제는 한 번씩 이런 기도를 올린다. '기꺼이
낮아지게 해 주세요. 조금 더 겸허한 사람이 될 수 있
게 도와주세요. 제 안에 남아 있는 자만과 허영심을 거
두어 주세요. 더 깊어질 수 있도록 지혜를 주세요.'

이렇게 기도를 올리면서부터 조금 더 신중히 생각하
고 조심히 말하려고 신경 쓰고 노력하게 되었다. 덕분
에 철없던 지난날의 모습을 많이 거둬낼 수 있었다. 나
의 아집으로 인한 인간관계 갈등도 훨씬 줄었다.

간절한 기도는 힘이 있다. 나에게 기도란, 단지 '누군
가 들어 주십사' 하는 요청이 아니라 나를 최대로 각성
시키기 위한 능동적인 수단이다.

못 이루면 좀 어때,
해 보는 거다

~~~~~

"작가님, 베스트셀러 되신 거 축하드려요."

내가 겪어온 아픔과 고통을 거름 삼아 사람들에게 진심 어린 조언을 건네기 시작한 지 2년 정도가 흘렀다. 당장 돈이 되는 일은 아니었지만, 단 한 사람의 단 하루라도 나아지길 염원하며 써 왔던 글이 베스트셀러가 되었다. 사실 아직도 가끔은 실감이 나지 않는다.

'이게 나라고? 내가 진짜 이렇게 살고 있다고?'

잠깐 그런 생각을 하다가 피식 웃고 다시 할 일을 한다. 이제는 사실 더 큰 꿈이 있다. 누군가는 망상이라고 할지도 모를 만큼 커다란 꿈. 내가 정말 해낼 수 있을까 여전히 의문이 드는 순간들도 있지만, 그렇다고 의문에 져서 주저앉지는 않을 거다. '할 수 있을까? 안 되면 어쩌지?' 라고 초조한 생각을 하기보다 '잘하면 될 수도 있지 않을까?' 라고 생각하며 가 보기로 했다. 못 이루면 또 어때, 하는 데까지 해 보는 거다.

'못하는 나'는 괜찮다.

할 수 있는데 '안 하는 나'는 싫다.

멋이 없잖아.

당신에겐
'그래야만 하는' 이유가 있다

—〜〳〜—

모두에게는 각자의 적소가 있다고 생각한다. 하지만 이는 단번에 찾아지는 것이 아니라고도 생각한다. 나는 유독 회사의 조직 생활을 견디지 못했다. 하지만 글을 쓰는 일에 있어서는 잠도 줄이고 밥도 줄여 가며 열정을 쏟는 사람이라는 것을, 수많은 시행착오를 겪고 난 후에야 깨닫게 되었다. 아니라고 생각되는 것들을 걷어 낼 용기가 없었다면 시작하지 못했을 거다.

나는 아이들에게, 청년들에게, 안주하지 말라는 말을 해 주고 싶다. 당신의 마음에 걸리는 것이 있다면, 떠나고 싶은 이유가 있다면, 떠나야만 하는 이유가 있을지도 모른다. 험난한 시간을 보내며 시행착오를 쌓더라도 한 번 사는 인생, 잠도 줄이고 밥을 줄여도 좋을 그런 일을 꼭 찾았으면 한다.

네게 있어 옳은 길이란 없어
네가 고른 길이 있을 뿐이야

믿고 기다려 준
이들에게

~\/\~

휴가 때 머리를 식힐 겸 엄마와 시골에 내려갔었다. 간만에 놀러 온 손녀딸을 할아버지는 꽤나 반가워하셨다.

할아버지께서는 "아라, 니 책 쓴다매. 허허, 네 책을 누가 읽노. 시집은 안 가나, 남자도 없나~" 하시며 슬그머니 한 번씩 내 옆에 앉아 말을 걸곤 하셨다. "에이, 할아버지가 모르셔서 그렇지, 제 책 그래도 많이들 읽어요! 그리고 시집은 제가 안 가는 거거든요? 저 인기는 많아요!"라는 나의 대답에 할아버지는 거짓말하지 말라며 껄껄 웃으셨다.

생각해 보니 이전에도 시골에는 종종 내려갔었고, 그때마다 할아버지께서는 이런저런 사소한 질문들을 던지곤 하셨다. 하지만 그때는 그게 손녀딸에 대한 당신의 관심이고 애정인 줄을 몰랐다. 내 불행을 곱씹느라, 알 수 없었다.

서울로 출발하는 차에 오르기 전, 배웅 나오신 할아버

지께서는 "너는 언제 유명해져서 TV도 나오고 그러노"라는 질문으로 아쉬움을 내비치셨다. 나는 웃으며 이렇게 대답했다.

"할아버지, 조금만 기다리세요. 제가 더 열심히 해 볼게요."

그렇게 집으로 향하는 길에 문득 엄마에게 질문을 던졌다. "엄마, 나 서른 되기 전까지 되게 한심하게 살았잖아, 허구한 날 놀기만 하고. 그때 걱정 안 됐어?" 나의 물음에 엄마는 큰 동요 없이 답했다. "응. '때 되면 하겠지' 라고 생각했어."

모든 것이 무의미하게 느껴지는 순간들이 또다시 찾아올 수도 있겠지요. 하지만 그러한 순간에도 여전히 세상에는 그 어떤 가치 있는 것들이 조용히 빛나고 있음을 잊지 않겠습니다. 그동안 묵묵히 믿고 기다려 주신 은혜, 부지런히 살아 갚겠습니다. 저는 당신의 자랑스러운 딸입니다.

어제의 기분과
화해하며

～ヘー√—

나의 새로운 목표는 우울증을 완전히 이겨내는 것이
아니라 나의 조울을 잘 타고 넘는 것이다.

나는 나를 화나게 하는 일이 없는 남자만 골라 만나곤
했다. 뭐든 내 위주로 하다가 틀어지거나 싸울 일이 생
기면 이별을 고하고 돌아섰다. 쉽고 빠르게 스트레스
를 차단하는 방법이었다. 하지만 이제는 다툼이나 갈
등이 없는 연인 사이는 있을 수 없다는 것을 안다. 연
인뿐 아니라 모든 인간관계가 그렇겠지만.

인생에도 좋은 날만 있을 수는 없다. 연인에게 섭섭하
고 토라지고 상처를 받듯이, 모든 게 덧없게 느껴질 때
가 있다. 그럴 때 삶 자체를 부정하며 극단적인 해결책
을 갈구하지 않으려고 한다. 그저 '오늘은 그런 날이
구나' 하면서 그 시기가 지나기를 조용히 기다린다.

연인과 화해하듯이 어제의 기분과 화해를 한다.

앞으로도 잘 싸우고 잘 풀어가며 살아 보자고, 우리를
다독인다.

그때의 나에게 말해 주고 싶다.

괜찮아, 그것도 결국 지나가.

그리고 너는, 더 멋진 사람이 된단다.

에필로그

여전히 삶의 많은 부분이 고통입니다. 이제 많이 강해졌나 싶다가도 한 번씩 또 무너지고 눈물을 쏟는 일이 허다하지요. 그래서 더더욱 느끼게 됩니다. 세상에 강하기만 한 사람은 없다는 것을요.

오늘 여러분의 하루는 어떠셨나요? 외로움과 공허함에 마음이 쓰리셨나요? 후회와 자책에 시달리셨나요? 좋습니다. 오늘은 울고 내일은 또 힘을 내는 것. 그게 인생이니까요.

많이 아팠던 내 안의 아이와 처음으로 화해를 하면서 건넸던 말이 있습니다. '잘 견뎌 줘서, 고맙다.'
포기하고 싶은 순간이 너무 많았음에도 불구하고 하루하루를 싸워 왔다는 것은 지나고 보니 참 대견한 일이더군요. 그 아이가 그러했듯이 여전히 수고로운 매일의 삶을, 우리는 또 조금씩 성장하며 살아 내겠지요.
모두들 포기하지 않고 잘 견뎌줘서, 고맙습니다.
우리의 조금을 응원합니다.

당신과 같은 길 위에서
고매력

이름 붙일 수 없는 마음

초판 1쇄 인쇄 2019년 1월 20일
초판 1쇄 발행 2019년 1월 30일

지은이 고매력
펴낸이 안종남

펴낸 곳 지식인하우스
출판등록 2011년 3월 31일 제 2011-000058호
주소 03925 서울시 마포구 양화로7길 55(서교동) 신양빌딩 201호
전화 02)6082-1070
팩스 02)6082-1035
전자우편 jsinbook@naver.com
블로그 blog.naver.com/jsinbook

ISBN 979-11-85959-73-3 03810